Deseo™

Venganza y seducción

JULES BENNETT

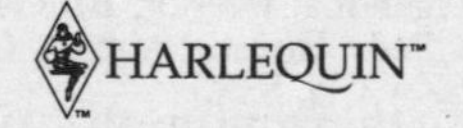

Editado por HARLEQUIN IBÉRICA, S.A.
Núñez de Balboa, 56
28001 Madrid

VENGANZA Y SEDUCCIÓN, N.º 1731 - 7.7.10
Título original: Seducing the Enemy's Daughter
Publicada originalmente por Silhouette® Books.

I.S.B.N.: 978-84-671-8636-9
Depósito legal: B-20416-2010
Editor responsable: Luis Pugni
Preimpresión y fotomecánica: M.T. Color & Diseño, S.L.
C/ Colquide, 6 portal 2 - 3º H. 28230 Las Rozas (Madrid)
Impresión y encuadernación: LITOGRAFÍA ROSÉS, S.A.
C/ Energía, 11. 08850 Gavá (Barcelona)
Fecha impresion para Argentina: 3.1.11
Distribuidor exclusivo para España: LOGISTA
Distribuidor para México: CODIPLYRSA
Distribuidores para Argentina: interior, BERTRAN, S.A.C. Vélez Sársfield, 1950. Cap. Fed./ Buenos Aires y Gran Buenos Aires, VACCARO SÁNCHEZ y Cía, S.A.
Distribuidor para Chile: DISTRIBUIDORA ALFA, S.A.

Capítulo Uno

Lo siento, señor, pero la suite Tropical no está disponible hasta mañana.

–Una lástima, dado que estoy aquí ahora.

Samantha Donovan inspiró lentamente, se acercó al mostrador de recepción y forzó la enésima sonrisa del día. Dirigir un complejo vacacional de lujo era muy estresante para su mandíbula.

–¿Hay algún problema? –preguntó.

El alto e increíblemente guapo desconocido se volvió hacia ella.

–Mi habitación no está disponible.

Sam, que llevaba todo el día sometiendo sus pies a la tortura de unos zapatos Jimmy Choo, apoyó un brazo en el mostrador de mármol y centró su atención en la joven recepcionista.

–Mikala, ¿qué problema hay con la suite Tropical?

La chica hawaiana pulsó varias teclas; sus manos temblaban mientras se movían sobre el teclado.

–Parece que la reserva del señor Stone se registró en el ordenador con entrada mañana.

–Pero, como puede ver, estoy aquí ahora.

Sam no culpaba al hombre por su enfado; ella

misma estaba irritada desde que a su padre se le había ocurrido el ridículo plan de hacer que se ganara su respeto y un puesto en la empresa, poniendo en funcionamiento el recién adquirido complejo vacacional de Kauai.

–Señor Stone –dijo Sam con tono amable y profesional–. Le pido disculpas por el malentendido. Podemos ofrecerle la suite Rincón Luna de Miel, sin cargo extra. Sé que está disponible porque acabo de despedirme de la pareja, que iba camino al aeropuerto.

Otra faceta del trabajo que su padre había olvidado mencionar. Como el complejo había estado operando con pérdidas, habían tenido que reducir la plantilla. Sam, como directora, a veces se veía obligada a hacer de taxista, sirvienta o camarera en uno de los tres restaurantes; el día anterior había tenido que desatrancar un inodoro en la Suite Arenas.

No era el empleo de lujo que su padre le había descrito. Pero perseveraría, por difíciles que fueran las tareas que tuviera que asumir.

El complejo, que en otros tiempos había tenido categoría de cinco estrellas, era la última propiedad adquirida por su padre y su hermano. Samantha no conocía los detalles, pero sabía que la absorción no había sido fácil ni agradable. Por eso necesitaba dedicar toda su energía a garantizar que los huéspedes estuvieran satisfechos, la plantilla bien pagada y el entorno inmaculado.

No era problema. Lo conseguiría.

–¿Está limpia la habitación?

La pregunta del huésped la sacó de su reflexiva autocompasión.

–Sí, señor. Mikala, por favor, introduce los cambios necesarios en el ordenador. Yo misma acompañaré al señor Stone a la suite.

El hombre llevaba una bolsa para trajes colgada sobre el hombro, así que Sam extendió la mano hacia la maleta negra.

Podría añadir la ocupación de «botones» a la creciente lista de empleos realizados. Al menos tendría un currículum diverso e impresionante que ofrecer, si su padre optaba por echarla de la empresa.

–Señora –dijo el caballero por encima de su hombro–. Puedo llevar mi propia maleta.

–Los huéspedes no cargan con el equipaje –contestó Sam, sin aflojar el paso. Llegó al ascensor y pulsó el botón, mientras intentaba no prestar atención al aroma a bosque y especias del guapo huésped.

–¿Qué clase de caballero sería si permitiera que llevase mi maleta?

Sam lo miró de reojo. Se fijó en lo bien que llenaba el traje ejecutivo color azul marino, y en el contraste de la piel bronceada con el tejido oscuro.

Se preguntó por qué estaba solo. Le costaba creer que un hombre que rezumaba encanto y *sex appeal* no llevara colgada del brazo a una rubia pechugona de piernas largas. Sólo llevaba allí seis meses, pero había visto a muy pocos solteros sin acompañante.

–¿Qué clase de hotel estaría dirigiendo si los huéspedes tuvieran que subir su equipaje a la habitación?

–No voy a ganar esta batalla, ¿verdad? –el hombre enarcó una ceja oscura.

Justo entonces llegó el ascensor. Sam se limitó a sonreírle por encima del hombro y entró en el ascensor vacío. En otros tiempos los dos ascensores del vestíbulo habrían estado llenos de familias risueñas y parejas en viaje de novios, pero ya no era así. Sam no sabía qué había ocurrido. Su padre había puesto el complejo en sus manos y ella iba a convertirlo en el mejor de Kauai, o del mundo, aunque tuviera que morir en el intento.

La siguiente vez que se pusiera en contacto con su padre, porque él nunca la llamaba, volvería a mencionarle que en Kauai los complejos tradicionales estaban yéndose al garete. Para triunfar hacía falta ofrecer servicios de spa de lujo, o casas de Alojamiento y Desayuno de alto nivel. Dado que la idea provenía de ella, dudaba que su padre creyera en ese nuevo concepto. Tal vez por eso el hotel había tenido problemas económicos previamente: falta de comunicación y de interés por actualizar las instalaciones para competir con otros establecimientos.

Si su padre no la escuchaba, y muy pronto, temía acabar enfrentándose al mismo dilema que los antiguos propietarios.

Desde la muerte de su esposa, Stanley Donovan

sólo se preocupaba de sí mismo. Samantha había sido relegada al fondo de su mente. Pero seguía siendo su hija, aunque él no se esforzara por mantener la relación.

Sam se apoyó el asa de la maleta en la cadera y pulsó el botón del ático.

–¿Ha tenido un buen vuelo?

–La verdad es que sí, considerando que tengo mi propio jet –miró su maleta y esbozó una sonrisa–. Si es la gerente, ¿por qué hace el papel de botones?

–Señor Stone…

–Brady –dijo él, rápidamente.

–Brady –repitió ella. Le gustó la fuerza del nombre y la forma en la que los ojos color chocolate oscuro la miraron de arriba abajo–. Como soy la gerente, procuro estar disponible donde y cuando hace falta. Habría tardado más en encontrar a alguien que se ocupara del equipaje que en hacerlo yo misma. Además, a pesar de que se cometió un error con su reserva, quiero que sepa que haremos lo posible para que su estancia sea agradable.

El ascensor se detuvo y las puertas se abrieron. Ella hizo un gesto para que saliera antes.

–Ha sido un buen discurso –dijo él–. Tiene una voz agradable y profesional. Se diría que no es la primera vez que tiene que decir esas mismas palabras.

Sam tragó saliva e insertó la tarjeta de apertura en la ranura correspondiente.

–Señor Stone…

–Brady, por favor –puso una mano sobre la de ella, provocándole escalofríos en todo el cuerpo.

Al oír el tono grave y seductor de su voz, Sam alzó la mirada y comprobó que sus ojos eran aún más impactantes que la voz y que la mano cálida y fuerte. Los ojos marrón oscuro, recorrieron su rostro, deteniéndose en el labio que ella se mordía, nerviosa.

–Brady –dijo, maldiciéndose por permitir, siquiera un segundo, que afloraran emociones para las que no tenía tiempo–. Le aseguro que no tenemos ningún problema en Lani Kaimana. Estamos encantados de tenerlo como huésped y le aseguro que su estancia aquí será agradable y relajante.

Él volvió a recorrer su rostro con una mirada sensual y curvó la boca con una mueca, pero no soltó su mano.

–Estoy seguro de que será agradable, pero dudo que vaya a ser relajante. Estoy aquí para trabajar.

Sam se obligó a recordar sus obligaciones. Liberó su mano y tiró del frío pomo de la puerta. Por mucho que deseara charlar con Don Encanto, tenía un hotel que salvar de la ruina.

–¿Cuál es la traducción exacta de Lani Kaimana? –preguntó él.

–Diamante Real –contestó ella. Abrió la puerta de la espaciosa suite decorada en tonos verde bosque y blanco–. Estoy segura de que estará más cómodo aquí. Es la suite de luna de miel, la única de la planta, y no será molestado. Cuenta con cama de dos metros de ancho, jacuzzi, bar y acceso a Internet.

Brady cruzó el umbral y miró a su alrededor, mientras Sam seguía mirándolo a él. Había visto a muchos hombres luciendo trajes de ejecutivo, pero no recordaba haber visto a ninguno que llenara tan bien una chaqueta hecha a medida.

–Esto es asombroso. La vista desde el balcón quita el aliento –Brady se volvió hacia ella–. Me cuesta creer que esta habitación no esté reservada todo el año.

Sam entró en la romántica suite y sus ojos la traicionaron clavándose en la enorme cama con dosel que había en el rincón, sobre una plataforma. En su mente destelló la imagen de ese hombre sexy e increíblemente atractivo estirado bajó las sábanas blancas, desnudo.

Miró a Brady. Sus ojos chispeaban risueños, como si supiera qué estaba pensando.

–Sí, bueno, eso es lo que pretendemos lograr.

–¿Por qué no me explicas tus planes cenando?

Atónita, y halagada, Sam negó con la cabeza.

–Brady, agradezco la oferta, pero no puedo cenar contigo.

–¿Es porque no cenas con los huéspedes?

–No, es porque estoy demasiado ocupada –repuso ella, pensando que tendría que hacer voto de no cenar con los huéspedes.

–¿Demasiado ocupada para comer? –él ladeó la cabeza–. ¿Y si voy a tu despacho?

Era obvio que no estaba acostumbrado a que lo rechazaran. Sam estaba bastante segura de que no había oído un «no» de una mujer en toda su vida.

–Gracias otra vez, pero no puedo –Sam fue hacia la puerta con el fin de alejarse del aroma especiado y los ojos escrutadores antes de rendirse a la tentación. No pudo evitar preguntarse cuántas mujeres perdían los papeles ante esos ojos tan seductores–. Si necesitas algo, no dudes en pedirlo.

–De hecho, hay una cosa.

–¿Sí? –preguntó ella, volviendo la cabeza.

–Tú sabes mi nombre, pero yo no sé el tuyo.

–Samantha Donovan, pero todo el mundo me llama Sam –sonrió–. Soy la dueña del hotel.

«¿Sam*antha* Donovan?».

Había creído que *Sam* era un hombre. Tendría que haber sabido que su peor enemigo tenía una hija. Una hija espectacular.

Brady sacó el teléfono del bolsillo y pulsó el número de su hermano, Cade. Era inaceptable no tener todos los datos relativos a un complejo que pretendía absorber. No entendía cómo se les había escapado una información tan vital.

–¿Hola?

–Cade, ¿por qué diablos no sabía que Sam Donovan es una mujer? –siguió un silencio al otro lado de la línea–. ¿Es que tú tampoco lo sabías?

–No tenía ni idea. ¿Estás en Kauai?

–Sí –aún atónito, Brady no se había movido del sitio en el que estaba cuando Samantha había dejado caer la bomba–. Ha sido la heredera en persona quien me ha escoltado a mi suite. Creía que el viejo Donovan tenía dos hijos, no un hijo y una hija. No me lo puedo creer.

–¿Por qué te escoltó a tu habitación? ¿Es que no hay un botones en el hotel?

–A mí también me extrañó. Supongo que aún no están funcionando tan bien como esperaba Stanley –a Brady le complacía que su peor enemigo estuviera fracasando–. Sam justificó su doble función con una excusa.

–¿Sam? –su hermano soltó una risita–. ¿Ya la llamas por su apodo? Eso suena mucho mejor que tener que hablar con Miles, su tieso y arrogante hermano

–Cade, eres un genio. Te llamaré más tarde –Brady sonrió, complacido. Tendría que habérsele ocurrido el plan antes de telefonear Cade.

Seducir a esa mujer podría suponer un cierto reto, pero a Brady le encantaban los retos. No habría llegado tan alto sin correr riesgos.

No había mentido al decirle a Sam que estaba allí por trabajo. Pero no le diría que su función consistía en sonsacar a los empleados del complejo e idear un plan para arrebatarle la propiedad a Stanley Donovan, rápidamente y por sorpresa.

Igual que había hecho el viejo.

Stanley Donovan llevaba años desando conseguir Lani Kaimana, pero había esperado hasta que un cáncer de pulmón acabara con el padre de Brady para actuar. Brady aún no se hacía a la idea de que su padre se hubiera ido para siempre, pero tenía que seguir adelante. Quería recuperar cuanto antes lo que le habían arrebatado.

Aunque había tenido tiempo para el duelo, Brady seguía sintiéndose culpable por concentrarse únicamente en los negocios. Su dedicación al trabajo hacía que la gente que no lo conocía bien lo considerase frío y sin corazón. Pero él sabía que su padre habría esperado que hiciera cuanto estuviera en su mano para recuperar Lani Kaimana.

Brady no iba a permitir que esa bella propiedad siguiera en manos del despiadado magnate ni un segundo más de lo necesario. Había ido allí con el único propósito de conseguir información para utilizarla contra el imperio Donovan, y no se iría sin conseguirla.

Pero sus planes iniciales habían cambiado: iba a sacarle toda la información a Samantha.

La situación mejoraba por momentos. La idea de pasar tiempo con esa competidora tan sexy le aceleraba el pulso.

No había sabido qué se encontraría al llegar a Kauai. Había planeado espiar a Sam, asumiendo que era el hijo de Donovan. Ya que sabía que Sam era Samantha, iría a por todas; cenas, románticos paseos por la playa, encuentros «accidentales»... y, por supuesto, flores. Todos los romances empezaban con algo tan inocente como un ramo de flores frescas.

Seducir a Sam sería un placer, para ambos. Estaba seguro de que seducir a Sam estaba al alcance de su mano. Sólo tenía que encontrar una manera y una razón válida para seguir cerca de ella. Tenía que obtener información para recuperar el complejo. Punto final.

Capítulo Dos

Brady, ya que estaba solo, examinó la «suite nupcial» con más atención. La cama era la pieza central de la habitación, a pesar de encontrarse sobre una plataforma situada en la esquina. El tejido blanco y transparente que colgaba del dosel llamaba la atención. No le costó ningún esfuerzo imaginarse a Sam en esa cama con él y, por lo que había visto en su expresión, ella había imaginado algo similar. Sí, seducirla no supondría ningún problema, sería un beneficio adicional.

Con suerte, estaría tan ocupada con sus recién adquiridas obligaciones que no se daría cuenta de que él investigaba sus asuntos personales y profesionales.

Dejando de lado sus ideas de seducción por el momento, Brady recorrió la habitación. El ambiente diáfano de la habitación sin duda incrementaría el nivel de intimidad. Había un jacuzzi en el rincón opuesto a la cama, al lado de la puerta del baño. La bañera, con capacidad para más de dos personas, era blanca y reluciente; las toallas estaban dobladas simulando cisnes, apoyadas sobre el borde de porcelana.

En el otro extremo de la amplia habitación había un sofá de color amarillo pálido, un escritorio de caoba y una mesa para comer. En la pared de enfrente de la puerta había dos puertas de cristal con vistas al océano, de un color azul vívido y salpicado con crestas de espuma blanca.

Brady fue hacia el ventanal, apartó los visillos de gasa blanca y salió al amplio balcón. Soplaba una brisa suave. El olor a sal y mar y el sonido de las olas hicieron que se sintiera como en casa. Aunque la decoración había cambiado desde la última vez que había estado allí, el ambiente romántico del hotel persistía.

Él había crecido en una playa y seguía llevando en la sangre su amor por el agua. Además, siempre había supuesto quc se haría cargo de esa propiedad en Kauai.

La isla siempre había sido tranquila, un lugar alejado del bullicio de su vida diaria en San Francisco. Deseó poder tomarse un tiempo para disfrutar de la arena blanca, la brisa y el frescor del agua.

Tal vez podría convencer a Sam para que fuera a relajarse a la playa con él. Requeriría mucha persuasión por su parte, pero era un hombre paciente. Y si conseguía verla en biquini, la espera habría merecido la pena. Imaginársela tapada sólo con pequeños triángulos de tela le hizo anhelar poner en marcha su plan.

Brady volvió a entrar a la habitación. Sacó el móvil de teléfono y comprobó su correo electrónico. No había nada demasiado urgente. Marcó el número de su oficina, con la esperanza de hablar con su secretaria personal antes de que concluyera la jornada de trabajo.

–Stone y Stone.

–Abby, me alegra encontrarte ahí.

–Estaba recogiendo para irme y Cade acaba de marcharse a casa. ¿En qué puedo ayudarte, Brady?

–Sólo quería decirte que es posible que pase en Kauai más tiempo del previsto –se sentó ante el escritorio–. Me gustaría que desviaras a mi teléfono cualquier llamada referente a Stanley o Miles Donovan.

–¿Algo más? –preguntó Abby, tras una leve pausa. Él supuso que estaba tomando nota.

–De momento, no. Si necesitas algo, puedes llamarme a mí o decírselo a Cade.

–Estaremos de maravilla.

–Dudo que vosotros dos podáis aguantar mucho si yo no estoy allí para actuar de intermediario –dijo Brady, riéndose.

–Para que lo sepas, no hemos tenido ni una discusión desde que te marchaste –aseguró ella.

–Sólo te pido que recojas las garras hasta que regrese –dijo Brady. Abby se rió.

–Lo haré. Disfruta de tu viaje.

Brady colgó, convencido de que su empresa estaba a salvo en manos de Abby y de Cade, su hermano menor y socio. Aunque ellos dos se pasaban el día discutiendo, Abby era la mejor asistente que habían tenido nunca.

Brady había tenido la esperanza de que algún día firmarían una tregua y se llevarían bien, pero aún no había ocurrido. La tensión sexual que se respiraba en la oficina estaba empezando a afectarlo.

Antes de que emprendiera su viaje, Cade había sugerido ir él. Pero Brady ansiaba iniciar su venganza y sabía que Cade sería demasiado blando y emotivo en todo lo relacionado con su difunto padre.

Tras haber visto a Sam, una deliciosa sirena, no quería que Cade se acercara a ella.

Eso le recordó que tenía que empezar a poner en marcha su plan. Su misión ya tenía un nombre «Seducción de Sam». Ocurría lo mismo con todas las batallas, siempre tenían nombre.

Alzó el teléfono del hotel y llamó a recepción.

–Buenas tardes, señor Stone. ¿En qué puedo ayudarlo?

–Me gustaría enviar unas flores.

–No es problema. ¿Tiene algún límite de precio o algún estilo concreto en mente?

Brady lo pensó un momento. Sam necesitaba algo que le hiciera sonreír, que la obligara a pararse y a pensar sólo en él.

–Me gustaría un ramo grande de flores exóticas. El precio me da igual. Quiero la composición más extravagante y colorida que la dama en cuestión haya visto en su vida.

El joven que había al otro lado del teléfono soltó una risita.

–Sí, señor. ¿Podría darme su nombre y dirección?

–Quiero que se lo entreguen a Samantha Donovan, en su despacho.

–Oh, vaya –el joven carraspeó–. Me ocuparé de eso ahora mismo, señor Stone. ¿Qué mensaje quiere poner en la tarjeta?

Brady le dio el mensaje, pidió que cargaran la factura a su habitación y dio las gracias al amable empleado.

Ya sólo tenía que esperar.

A pesar del poco tiempo que había pasado con Sam, ya sabía que ella era demasiado atenta para no darle las gracias en persona. Con suerte, iría a su habitación y se las daría de viva voz. Así tendría la primera oportunidad de pasar cierto tiempo a solas con ella, tal y como quería.

Una vez dado el primer paso de su plan, Brady sacó el ordenador portátil de la maleta y decidió trabajar un rato.

Destrozar a todos y cada uno de los Donovan iba a requerir un cierto tiempo. Casi odiaba la idea de que alguien de aspecto tan angelical como Sam estuviera involucrada en el asunto. Cabía la posibilidad de que fuera inocente, pero era una Donovan.

Y los Donovan eran responsables de la caída del imperio de su padre.

«No olvides tomarte algo de tiempo para ti».

Sam leyó la tarjeta una vez y dos. Al menos tres veces, antes de sonreír y comprender quién había enviado un arreglo de flores tan grande que resultaba casi indecente.

Había vuelto al despacho para comprobar su correo tras ocuparse de resolver una pequeña controversia entre los empleados de la cocina. Pero su escritorio estaba oculto bajo un alto jarrón de cristal, rebosante de impactantes flores de colores vívidos.

Sam se odió por oler cada una de ellas. Nunca había recibido flores antes y ésa era una iniciación de lo más impresionante.

Sam suspiró. Tenía que tomarse un momento para darle las gracias al hombre que había enviado el magnífico y costoso ramo. Pensó que «ramo» era un término que se quedaba corto para algo tan enorme y exquisito.

Aunque los zapatos Jimmy Choos seguían oprimiendo los dedos de sus pies, dejó de lado el dolor y subió a la planta superior. En su ajetreada agenda no había sitio para hablar con Brady Stone; no le importaba darle las gracias, pero sabía que la siguiente conversación con él no se limitaría a eso.

Volvería a invitarla a cenar. Y, de nuevo, tendría que rechazarlo. Por más que deseara aceptar, no permitiría que su labia le embarullara la mente. Hacía mucho tiempo que había aprendido la lección en lo referente a hombres de modales suaves y seductores.

Ante la suite nupcial, Sam se estiró el traje color rosa pálido y llamó a la puerta con los nudillos. Cuando se abrió, tuvo que hacer un esfuerzo para seguir respirando.

Brady se había quitado la chaqueta y arremangado la camisa, exponiendo sus bronceados y musculosos antebrazos; también se había desabotonado tres botones, Sam los contó. Apoyado en la puerta, esbozaba una amplia sonrisa.

–Samantha. Entra, por favor.

Como habría sido una grosería negarse, entró. El hombre sólo llevaba en la enorme suite unas horas, pero su aroma masculino la envolvió. Había hecho suya la habitación poniendo el portátil sobre el escritorio, un par de zapatos de cuero, italianos, a los pies de la cama y colgando la ropa en la zona de vestidor.

Sin hacer el menor esfuerzo, ya había marcado su territorio. Sam no tuvo ninguna duda de que su virilidad impactaba a todas las mujeres que se cruzaban en su camino.

–Quería darte las gracias por las flores –entrelazó los dedos y se volvió hacia él, que estaba cerrando la puerta–. Tengo que admitir que nunca había visto un arreglo similar.

–¿Cómo has sabido que las enviaba yo? –preguntó él con una mueca, metiendo las manos en los bolsillos.

–Bueno, no ha sido difícil –Sam puso los ojos en blanco–. Eres el único hombre que me ha pedido una cita en los últimos seis meses. Aparte de mi padre, mi hermano y los empleados, ni siquiera hablo con hombres, así que me he limitado a un simple proceso de eliminación –sintiendo un ataque de coquetería, añadió–: Además, soy lista.

La risita suave de Brady flotó en el aire.

–Me gustan las mujeres que tienen cerebro además de belleza. Sin embargo, me cuesta creer que ningún otro hombre te haya pedido una cita en los últimos seis meses.

«Se le da de maravilla la seducción», pensó ella.

–Créelo. He estado demasiado ocupada trabajando como para socializar.

Él avanzó un paso, y otro más. De hecho, se acercó tanto que Sam tuvo que echar la cabeza hacia atrás para mirarlo. Brady era más alto de lo que había creído. Con su metro setenta y cuatro de altura, Sam no tenía que alzar la vista hacia demasiados hombres, y menos cuando llevaba zapatos de tacón.

–Razón de más para que cenes conmigo y te dediques una hora a ti misma –le apartó un mechón de pelo del hombro–. Es lo mínimo que puedes hacer para agradecerme las flores.

–¿Intentas hacer que me sienta culpable para que cene contigo? –Sam sonrió.

–Sólo si funciona –dijo él, acariciando su mejilla con un dedo.

–Te gusta tocar, ¿eh? –Sam se alejó de su alcance.

–¿Es un problema? –su mano quedó flotando en el aire, entre ellos.

–Yo... no estoy acostumbrada, nada más.

Brady sonrió y estiró el brazo para tocarla.

–Apuesto a que tampoco sueles tartamudear delante de los hombres, pero lo estás haciendo de maravilla.

–Eso no es cierto –dio un golpecito a su mano.

Le ardían las mejillas y Sam supo que tenía que salir de la habitación antes de quedar como una tonta.

–No te enfades –dijo él, bajando la mano–. Oírte tartamudear ha aumentado mi autoestima.

–Dudo que andes escaso de confianza en ti mismo –Sam se rió.

La sonrisa de Brady se amplió, y ella quedó medio hipnotizada por sus dientes blancos y perfectos.

–Un hombre siempre necesita confianza. Sobre todo cuando está siendo rechazado por una mujer bellísima.

Sin duda, sabía seducir. Probablemente tenía mucha experiencia conquistando a mujeres. Y era obvio que muy pocas lo habían rechazado, si es que lo había hecho alguna.

–Estoy segura de que encontrarás damas de sobra en el hotel o en la isla, si quieres entretenimiento –ladeó la cabeza–. ¿No dijiste que habías venido a trabajar?

–Eso no implica que no pueda disfrutar de la compañía de una mujer bella y sexy.

El cumplido la acarició como una brisa suave, erizándole el vello. No quería ser seducida por él, ni por nadie, pero notaba que se derretía con cada palabra que escuchaba. Eso no estaba bien. Carraspeó para aclararse la garganta.

–Bueno, estoy segura de que un hombre tan seguro de sí mismo no tardará en encontrar a alguien que ocupe su tiempo libre.

Brady echó la cabeza hacia atrás y soltó una carcajada. El sonido, grave y musical, vibró en el aire y produjo un cosquilleo en todas las terminaciones nerviosas del cuerpo de Sam.

–Creo que acabas de llamarme arrogante.

Ella volvió a sonrojarse. Era indudable que llevaba allí demasiado tiempo.

–Desde luego que no. Ahora, si me disculpas, tengo que volver al trabajo. Gracias por las flores.

Él se acercó hasta que sólo hubo unos centímetros de distancia entre ellos.

–Te pido disculpas si mis palabras te han ofendido –alzó la mano y acarició su barbilla con el pulgar–. No puedo dejar de pensar que estás demasiado ocupada cuidando de este complejo y no lo bastante de ti misma.

Sam dio un paso atrás. No podía pensar mientras un hombre tan impresionante la tocaba. Tragó saliva.

–Me cuido de maravilla. Gracias por tu interés –se dio la vuelta para salir.

–Si cambias de opinión respecto a la cena, házmelo saber.

Ella giró la cabeza y lo miró por encima del hombro, sonriente.

–Gracias otra vez, pero no. Disfrute de la velada, señor Stone.

Capítulo Tres

Lo había llamado por su apellido para demostrar, tanto a él como a sí misma, que era una profesional. Dedicar tiempo a algo que no fuera su trabajo era inconcebible.

Salió de la suite y entró al ascensor diciéndose que tendría que estar vigilante durante su estancia. Un hombre como Brady Stone se animaba en seguida y Sam no iba ser quien le cosquilleara el ego. Y tampoco iba a hacerle cosquillas en ningún otro sitio.

No había mentido al decir que estaba demasiado ocupada para cenar. Cuando el ascensor llegó a la planta baja, su estómago dejó escapar un gruñido de protesta. Se dijo que abriría un paquete de galletitas saladas que tenía en el cajón del escritorio y volvería al trabajo. Ya había perdido demasiado tiempo charlando con Don Ejecutivo Deseable.

No iba a permitir que ese hombre tan increíblemente sexy y encantador le hiciera cambiar de opinión respecto a los tipos poderosos y descarados.

Tras haber pasado años sometida al control de su padre e intentado competir con su hermano, Samantha estaba harta de que la dominaran. No quería ni necesitaba a un hombre. Estar sola no era su meta, pero le gustaba. Además, una mujer de negocios no tenía demasiado tiempo para el romance. Aún era joven; si decidía tener una vida amorosa, la tendría. Pero en ese momento ni siquiera tenía tiempo para pensar en buscar compañía, mucho menos para iniciar una relación.

Sin embargo, seguía sintiendo un cosquilleo en el punto de la mejilla que él había acariciado. Permitir que un desconocido, que estaba de paso en su hotel, la afectara así era algo absurdo e indeseado.

Era sexy, sí. Era seductor, sí. Y se sentía atraída por él, eso era innegable. Pero nada más. Nada podía interponerse entre ella y el objetivo de complacer a su padre.

Sam cruzó el vestíbulo con la barbilla alta y la espalda recta. La complació ver a un grupo de gente firmando en recepción. Si su padre le permitiera tomar las riendas, estaba segura de que el complejo estaría lleno todo el año. Por desgracia, seguía estando bajo su control.

No sabía por qué su padre no la veía como la mujer profesional e inteligente que era. Su relación siempre había sido tensa y Sam odiaba eso.

Cada vez que hablaba con él, sentía el odioso impulso de llamarlo señor. No había distensión entre ellos y Sam tenía la sensación de que sus conversaciones se limitaban a los negocios. Eso las pocas veces que hablaban. Cuando ella sugería una conversación, su padre salía con alguna excusa y decía que no tenía tiempo. Siempre había una reunión, un cliente o un empleado en su despacho.

Resumiendo, siempre había alguien o algo que tenía precedencia con respecto a Sam. Debería de estar acostumbrada, pero no lo estaba. No quería aceptar la idea de que su propio padre lo ponía todo por delante de ella.

Sam, con un principio de dolor de cabeza, recorrió el ancho pasillo de paredes de mármol y entró en su acogedor despacho. Lo había elegido tan alejado de recepción para poder concentrarse en el trabajo y evitar que la interrumpieran si no era absolutamente necesario.

Sin embargo, en los seis meses que llevaba allí, no había pasado mucho tiempo entre esas cuatro paredes. Dedicaba un gran número de horas a atender a los huéspedes y asegurarse de que sus empleados estuvieran contentos. Los pocos que quedaban.

Justo antes de que su padre comprara el complejo, los problemas financieros del anterior propietario lo habían llevado a despedir a cincuenta empleados. Eso había provocado mucha tensión a los que seguían allí; además, los despedidos eran muy buenos trabajadores y hacían mucha falta.

Sam tenía sus nombres e información de contacto. En cuanto el complejo vacacional superara los números rojos, tenía intención de recuperarlos a todos… si no estaban ya trabajando en otro sitio.

Miró el jarrón de coloridas flores que seguía adornando su mesa y recordándole al hombre que estaba intentando que su mente bloqueara. Cambió el jarrón a la mesita auxiliar que había en un rincón.

Se sentó ante el escritorio, abrió el cajón superior y sacó un frasco de aspirinas. Tras tomarse tres, se quitó los zapatos y movió los dedos de los pies hasta que los sintió crujir. Casi tuvo la impresión de que los oía suspirar de alivio.

Abrió el cajón de abajo, donde guardaba sus tentempiés y sacó mantequilla de cacahuete y galletitas con sabor a queso. Sabía que acabaría con el traje lleno de migas, pero le encantaban esas galletas.

Se metió una en la boca y empezó a revisar las cuentas de la semana y compararlas con la de la anterior. Por desgracia, el incipiente dolor de cabeza, debido al hambre, no disminuyó. Sabía que no era bueno pasar tantas horas sin comer.

Por mucho que tuviera que hacer, sabía que tenía que concentrarse en una cosa cada vez, o se sentía tan abrumada que no conseguía adelantar nada.

Cerró los ojos, apoyó la cabeza y se comió otra galleta. Su carrera estaba en la cuerda floja, en manos de su padre; no tenía tiempo para tomarse descansos, tuviera hambre o dolor de cabeza.

Intentó concentrarse en la respiración, en la gruesa alfombra que tenía bajo los pies y en la dulce fragancia que emanaba de las flores. En cualquier cosa menos en el hecho de que su cabeza parecía un volcán a punto de entrar en erupción.

Unos momentos después oyó un golpecito en la puerta. Con un gruñido, Sam abrió los ojos y parpadeó por la brillantez de la luz.

–Adelante.

La puerta se abrió pero, en vez de una persona, vio un carro camarera de acero inoxidable. Sam se enderezó en el asiento.

–¿Qué es todo esto? –preguntó cuando el chef del restaurante asomó la cabeza.

–La cena –el hombre sonrió y levantó una tapa plateada, desvelando una de sus comidas favoritas–. El plato especial del día, señorita Donovan. Filetes de pollo crujiente con nueces tostadas y salsa de miso.

–Pero no he pedido nada –dijo Sam. Se le había hecho la boca agua al ver la comida.

–No, lo hizo el señor Stone. ¿Quiere que deje el carro aquí, o prefiere comer en aquel lado?

Sam, aún atónita, salió de detrás del escritorio, sacudiéndose las inevitables migas del traje.

–Gracias, Akela, ya lo hago yo.

–Disfrute de la velada, señorita Donovan –sonrió y salió de la habitación, cerrando la puerta.

El delicioso aroma atrajo a Sam al carro. Alzó otra tapa plateada y tragó aire al ver su postre favorito: tarta de limón.

Miró el arreglo de flores que había en el rincón y luego la tentadora comida. No pudo evitar que sus labios se curvaran con una sonrisa, ni tampoco volver al escritorio para llamar a Brady y agradecerle su amabilidad una vez más.

Justo cuando llevaba la mano al teléfono, éste sonó. Convencida de que sería Brady, para comprobar si había recibido su sorpresa, alzó el auricular dispuesta a darle las gracias por la comida y reiterar que estaba demasiado ocupada para socializar.

–Sam Donovan –dijo, sonriente.

–Samantha.

La voz imperiosa de su padre, llamándola por su nombre completo, borró la sonrisa de su cara igual que si le hubiera dado un bofetón. No había sonado en absoluto parecido a como lo había dicho Brady un rato antes.

Tensó la columna y empezaron a sudarle las palmas de las manos. Una charla de negocios con su padre era lo que menos falta le hacía en ese momento. Por desgracia, las aspirinas aún no habían hecho efecto.

–Papá, ¿en qué puedo ayudarte?

–Hace una semana que no sé nada de ti. ¿Cómo van las cosas en mi complejo vacacional?

Odiaba que su voz sonara siempre tan exigente y fría. Pero odiaba aún más que se refiriera a Lani Kaimana como «su complejo». Al fin y al cabo, eran una familia. Sam sabía que, si Miles estuviera allí, en vez de ella, su padre sería un poco más considerado.

Sam rodeó el escritorio y se sentó en la silla. El

cuero gruñó su protesta, igual que había hecho ella ante la inesperada llamada.

–Ahora mismo estaba cerrando las cuentas del trimestre para enviártelas.

Se oyó un suspiro de impaciencia al otro lado de la línea.

–Samantha, el día casi ha terminado. Esperaba el informe esta mañana.

–Hoy he estado muy ocupada. Hasta ahora no he tenido un momento para sentarme en el despacho y mirar las hojas de cálculo.

–No me interesan tus excusas –se oyó otro suspiro–. ¿Hay algo más que necesite saber?

Ella miró las flores y luego la cena. Se negaba a admitir que había dedicado parte de su mente y de su tiempo a un guapo hombre de negocios que estaba de paso. Eso no le gustaría nada al magnate de los negocios que había al otro lado de la línea.

–No, no tengo nada más de lo que informarte.

Un golpecito en la puerta la desconcertó.

–Estaré esperando ese informe, Samantha.

Consciente del tono cortante de su padre, vio la cabeza de Brady asomar por la puerta. Le hizo un gesto para que esperara.

–Te lo enviaré enseguida –le aseguró a su padre–. Si no necesitas nada más, tengo a alguien en el despacho que necesita hablar conmigo.

–Volveré a llamar dentro de unos días.

Como era habitual, colgó sin decir adiós. Sam sabía que no trataba con tanta grosería ni a sus rivales en los negocios; no entendía que fuera tan frío con su propia hija. Se preguntó por qué era Miles quien recibía todos los halagos y todo el amor.

La sorprendía que las palabras y el tono de voz de su padre siguieran hiriéndola a esas alturas. Tendría que estar acostumbrada. Al fin y al cabo, llevaba más de veinte años siendo tratada como la oveja negra de la familia.

¿Acaso era culpa suya que su madre hubiera fallecido? ¿O ser el vivo retrato de Bev Donovan? A juicio de su padre, sí, era culpable.

–¿Es un mal momento? –preguntó Brady desde la puerta.

Sam negó con la cabeza y sonrió.

–Es perfecto, la verdad. Estaba a punto de llamarte para darte las gracias por la cena.

–¿Puedo cerrar la puerta? –Brady entró al despacho.

–Claro –Sam se puso en pie y juntó las manos, con la esperanza de ofrecer una imagen profesional. Libraba una batalla interior: la ejecutiva deseaba que Brady no insistiera en una cita, la mujer deseaba que lo hiciera–. Parece que al final vas a conseguir cenar conmigo.

–No, esto es sólo para ti –dijo, señalando el carro–. Quiero que salgas conmigo, pero sé que estás ocupada. Al menos así te sentirás obligada a comer.

Era imposible no derretirse con esas palabras. El hombre no estaba presionándola para salirse con la suya, parecía realmente preocupado por su bienestar.

Brady se había cambiado de ropa; llevaba unos pantalones caqui y un polo verde menta. Le había parecido impresionante con traje, pero ver el tejido de algodón tenso sobre sus hombros y torso le hizo preguntarse qué aspecto tendría sin camiseta.

–¿Estas bien? –se inclinó hacia ella y la miró a los ojos–. Estás algo pálida. ¿Tienes migraña?

–Sí, pero estoy bien.

–¿Por qué no te sientas? Te traeré la comida –dijo Brady, estudiando su rostro. Sin darle tiempo a protestar, puso las manos en sus hombros y la obligó a sentarse.

–Brady, agradezco cuanto has hecho, pero tengo que preparar un informe para mi padre y estoy segura de que tú tienes cosas mejores que hacer.

Él fue hacia el carro y lo acercó al escritorio.

–A tu padre no le importará que comas, y a mí no se me ocurre ningún sitio donde preferiría estar en este momento.

–Necesito revisar este informe y enviárselo en una hora. Cuando acabe, comeré –Sam movió el ratón para sacar al ordenador del estado de reposo.

–¿Puedo ayudarte? –Brady alzó una ceja.

–Puedo hacerlo sola –contestó Sam, ladeando la cabeza.

–¿Es ésa una forma cortés de pedirme que me vaya?

–No pretendo ser grosera –se levantó y esbozó una sonrisa–, pero estoy muy ocupada.

Él abrió las manos y encogió los hombros.

–Ya que he encargado esta deliciosa cena, mi deber es asegurarme de que te la comas. Tendré que sentarme aquí y esperar a que acabes.

Ella no tenía tiempo para protestar. Si quería hacerle compañía, era bienvenido, siempre que no interfiriera con su trabajo. Además, en cierto sentido le gustaba la idea de que alguien se preocupara por ella. Hacía mucho tiempo desde la última vez que ocurría eso.

Había sido antes de que su madre muriera. Antes de que su mundo cambiara. Antes de verse obligada a madurar antes de tiempo.

El interés de Brady le levantaba el ánimo. Era bastante tópico sentirse complacida por las atenciones de un guapo desconocido, pero también muy excitante. Tal vez debería tomarse el tiempo necesario para disfrutar de Brady mientras estuviera allí, pero para eso el día tendría que alargarse unas cuantas horas.

Sam se concentró en el trabajo. Brady se sentó frente a su escritorio, estiró las largas piernas y cruzó los tobillo. Echó la cabeza hacia atrás y colocó las manos entrelazadas sobre su musculoso abdomen. Aunque no la observaba directamente, su presencia era abrumadora. La combinación del aroma masculino con el de la cena que había pedido para ella, hizo que los dedos de Sam volaran sobre el teclado. Quería concederse diez minutos para disfrutar de la cena. Y del hombre, si decidía hacerlo.

Revisó las cifras dos veces antes de enviárselas a

su padre. Por fin, apartó el teclado y movió la cabeza de lado a lado para relajar el cuello.

–Acabé.

–¿Vas a comer? –Brady se enderezó en el asiento y la miró a los ojos.

–Sí.

–¿Lo prometes? –arqueó una ceja.

Sam despejó el escritorio mientras Brady iba a por la comida. Puso el plato en el centro del escritorio y la botella de agua a un lado. En vez de sentarse, fue hacia el arreglo floral que había en el rincón, eligió una exótica flor morada y se la dio.

–Pondría el jarrón en el centro del escritorio para crear un ambiente más romántico, pero entonces no te vería.

–No sabía que una cena para uno pudiera ser romántica –Sam aceptó la flor.

–Aún no estás sola –Brady se sentó frente a ella y curvó los labios con su devastadora sonrisa–. No arruines mi gesto de caballerosidad.

Ella se estremeció con un escalofrío.

–Estás muy empeñado en pasar tiempo conmigo, aunque he dejado claro que estoy demasiado ocupada para socializar. No me malinterpretes, me siento halagada, pero tengo la sensación de que estás perdiendo el tiempo. Ni siquiera estoy segura de poder dedicarte dos minutos.

–El tiempo es mío para perderlo –Brady encogió los hombros–. Pero considero que éste está siendo bien aprovechado. Cuando veo algo que me gusta, voy a por ello. Tengo la impresión de que eres una mujer que hace lo mismo.

–Tienes razón, sí que lo hago –admitió ella.

Quería que Lani Kaimana fuera la mejor atracción turística de la isla de Kauai. Deseó poder conseguir que su padre viera las cosas desde su punto de vista y escuchara sus ideas. O que la escuchara, sin más.

Era una pena que Brady Stone hubiera entrado en su vida en ese momento concreto. Le habría encantado olvidar su cautela y ver adónde llevaba el flirteo. Tal vez, cuando su vida se asentara un poco podría permitirse dedicarle algo de tiempo a Brady.

No quería volver a tener una relación seria, cierto, pero tenía la sensación de que Brady no era de los que daban pie a relaciones largas. Era muy probable que un hombre con tanto atractivo sexual se limitara a las aventuras de una noche.

Se preguntó cómo sería sentirse envuelta por esos fuertes brazos. Cómo sería ignorar por una vez lo que era correcto y apropiado. No sabía si sería capaz de dar de lado a su aburrido estilo de vida y dejarse conducir por sus deseos.

Igual que con casi todo en su vida, sólo podía fantasear. Hasta que no ocupara el lugar que le correspondía por derecho en la empresa de su padre, no podía permitirse tener deseos. Por más que su cuerpo clamara de dolor.

Capítulo Cuatro

Brady no acababa de creerse su buena suerte. En realidad, la suerte había jugado un papel secundario. Tenía que otorgar a su propio encanto y al momento de debilidad de Sam el crédito que merecían. Le encantaba que los planes de última hora salieran bien.

Sonriente, entró en la suite, sacó el teléfono del bolsillo de pantalón y llamó a su hermano.

–Hola –contestó Cade al primer toque.

–No tienes ni idea de lo cerca que he estado de obtener toda la munición que necesitamos –fue hacia el balcón y contempló las olas romper contra la arena. La empresa del señor Donovan se estrellaría de un modo similar en un futuro muy cercano.

–¿Qué ha pasado? –preguntó Cade.

–Pedí que llevaran una buena cena al despacho de la señorita Donovan. Cuando pasé por allí para comprobar que la había recibido, estaba trabajando en el informe trimestral para enviarlo –Brady inhaló el aire fresco y floral de la isla–. Me quedé allí utilizando la excusa de que quería asegurarme de que comiera. No sospechó nada. Yo diría que tendremos la información que necesitamos dentro de una semana.

–Eso sí que es trabajar deprisa, hermano –Cade soltó un silbido–. Y luego dices que yo soy rápido con las chicas.

Brady miró la cama con dosel que había en el rincón; volvió a imaginarse a Sam entre las sedosas sábanas y se estremeció.

–No ocurrió nada entre Sam y yo. Simplemente, estaba en el lugar adecuado en el momento justo. Por desgracia, no podía acercarme demasiado sin despertar sus sospechas.

–No llevas allí ni dos días –comentó Cade–. En mi opinión, tu progreso es espectacular. ¿De verdad crees que tendrás esas cifras dentro de una semana?

Brady, pensando en la frágil rubia que seguía en su despacho, volvió a centrar la mirada en la playa oscura y desierta. No permitiría que sus hormonas retrasaran sus planes empresariales.

–Sí.

–Fantástico. ¿Se puede saber cómo es que estuviste tan cerca del informe?

–Estaba en el despacho de Sam y ella tenía migraña.

Brady sintió un pinchazo de culpabilidad al recordar cómo se había aprovechado de ese momento de debilidad. Tragó saliva. No podía olvidar que, al fin y al cabo, el padre de ella se había aprovechado del suyo en un momento aún peor. Ojo por ojo...

–Tenía que enviarle el informe a Stanley y me ofrecí a ayudarla.

–Caramba –Cade se rió–. Es una lástima que no te dejara enviarlo tú mismo.

–En lo referente a sus negocios, quiere el control total –eso era algo que admiraba de ella–. Al fin y al cabo, es una Donovan. Aunque sólo he visto su aspecto dulce y angelical, bien podría ser como su padre, si rascamos bajo la superficie. Y me siento lo bastante atraído por ella como para no tener ganas de ver su lado despiadado.

–Tengo la sensación de que, cuando descubra quién eres y por qué le estás prestando tanta atención, vas a ver algo bastante peor que «despiadado» –su hermano se rió–. Llámame si descubres algo más. Y no me refiero a la persona de la señorita Donovan.

Brady cortó la conexión mientras aún oía las risitas de su hermano. Anhelaba obtener esas cifras y enviárselas a Cade, pero seducir a Sam requeriría tiempo y paciencia. Dos cosas de las que no disponía.

Los Donovan sólo tenían el control desde hacía seis meses. Había sido entonces, mientras el padre de Brady luchaba contra un cáncer de pulmón e intentaba impedir que su empresa se hundiera, cuando Stanley Donovan había atacado como el buitre que era, quedándose con Lani Kaimana.

Stanley siempre había tenido reputación de hombre de negocios sin escrúpulos. Y por la conversación que había oído entre Sam y su padre, Brady tenía la impresión de que tampoco le importaba tratar mal a su propia hija.

Había visto la expresión derrotada del rostro de ella cuando colgó el teléfono. Por lo visto, el viejo Donovan no sólo era un tiburón con sus competidores, sino también una mala bestia con su familia.

Pero ninguno de esos factores alteraba el hecho de que Brady y su hermano tenían un trabajo que hacer. Hasta que Lani Kaimana no volviera a estar en manos de la familia Stanley, Brady no cejaría en su intento de seducir a Samantha.

La suave arena blanda se deslizaba entre los dedos de sus pies mientras Brady paseaba por la prístina playa que separaba Lani Kaimana del océano Pacífico.

En cierto modo, Brady no podía culpar a Stanley Donovan por haber querido esa propiedad. Cualquiera habría deseado ser propietario de un trozo del paraíso y ganar dinero en el proceso. Pero sí culpaba a Stanley por haberse aprovechado de un anciano moribundo, robándole parte de una empresa que se tambaleaba, y contribuyendo así a la posible caída de su imperio.

Brady apretó los puños. Ahora que su padre había fallecido, el reinado de Stanley sobre los Stone llegaría a su fin. Brady y Cade eran hombres jóvenes y fuertes que no permitirían que un tiburón como el padre de Sam los despedazara.

Una suave brisa soplaba sobre el agua, arrancando espuma blanca de la cresta de las olas. Hacía el tiempo perfecto para un paseo romántico por la playa. Cada vez que pensaba en el romance, veía la imagen de Sam: su sonrisa dulce e inocente pero de labios seductores; las curvas de su diminuto cuerpo bajo sus bien cortados trajes.

Era una mujer hecha para el romance, para largos paseos por playas como ésa, para veladas en restaurantes de cinco estrellas. No para trabajar hasta el agotamiento para complacer al bruto de su padre.

«Nada de romance», se dijo. La belleza de la tarde le había embotado el cerebro. Estaba allí por negocios, no por otra cosa.

Entonces, como si su fantasía y sus sueños se hicieran realidad, vio a Samantha Donovan a unos metros de él. Seguía llevando su bien planchado traje. Pero sus zapatos colgaban de uno de sus dedos, sujetos por la fina correa, y los balanceaba en el aire. Su largo cabello rubio flotaba alrededor de sus hombros mientras miraba el horizonte. Brady, dando gracias a Dios por ese golpe de suerte, fue hacia ella.

Se preguntó qué pensamientos le rondarían la cabeza. Si tendría preocupaciones y dudas. Si estaría tomándose un descanso de su ajetreada agenda.

–Precioso, ¿verdad? –dijo cuando llegó a su lado.

Ella se volvió para mirarlo y dio un paso atrás, como si pensara que no se refería a la puesta de sol roja y anaranjada.

–No paseo lo suficiente –dijo, volviendo a mirar el agua para ocultar su sorpresa.

–Pues deberías. El aroma y el frescor de la brisa tranquilizarían tu mente y te ayudarían a olvidar tus problemas.

–Lo dudo –replicó ella, mirándolo de reojo. Suspiró y empezó a caminar en dirección opuesta.

Brady no esperó una invitación, se limitó a ponerse a su lado y acoplarse a su paso.

–Me parece un desperdicio pasear solo por esta preciosa playa, sobre todo con una puesta de sol tan espectacular –se justificó, sonriente.

–¿Sueles conseguir rendir a las mujeres a tus pies con esa técnica?

–Siempre –afirmó él, sin inmutarse.

La suave risa de Sam flotó en el aire, envolviéndolo con su calidez. Brady no quería calidez, quería información para aplastar a su familia, aunque eso la incluyera a ella. Siempre había víctimas inocentes, era inevitable.

–¿Qué haces aquí? –le preguntó–. No te creía capaz de tomarte un descanso.

–Empecé a sentir claustrofobia en el despacho y tenía que pensar. Sigo trabajando –le aseguró, dándose un golpecito en la sien–. Pero en la playa.

El agua lamió sus pies desnudos, salpicando las pantorrillas de ella y mojando el bajo de los pantalones arremangados de él.

Cualquier espectador pensaría que eran una pareja dando un paseo romántico. Brady tenía la esperanza de que Sam también lo viera así, sin llegar a intuir que él tenía fines destructivos.

–¿Has oído alguna vez que en la vida no basta con trabajar, que también hay que divertirse?

–¿Por qué tengo la impresión de que tú te diviertes de lo lindo? –un mechón de pelo rubio se pegó a sus labios rosados y brillantes. Él lo apartó con la punta del dedo.

–Tal vez porque es verdad –le contestó. Los ojos azul claro de ella se agrandaron–. Si te divirtieras un poco más, estarías menos estresada.

–Me encanta lo que hago –alzó la barbilla, desafiante–. Si quisiera divertirme, lo haría. Puedo tomarme una hora para disfrutar de la vida.

–Muy bien. Cuando quieras dejar el trabajo un rato y ver qué otras cosas ofrece la vida, ven a buscarme –se dio la vuelta–. Por cierto, Samantha, disfrutar conmigo requiere más de una hora –le dijo, por encima del hombro.

Caminó hacia el ocaso, dejándola sola para que reflexionara sobre sus palabras.

Sam cruzó el vestíbulo, inhalando el refrescante olor salobre de la mañana. Deseó que su vida fuera tan luminosa y brillante como el sol que entraba por puertas y ventanas.

Tras escuchar las qucjas de los jardineros, los había tranquilizado explicando que estaba estudiando un nuevo presupuesto que favorecería a todos los empleados de Lani Kaimana.

Sin embargo, no mencionó que el nuevo presupuesto no daría pie a aumentos de salario hasta que no comprobara que el complejo había incrementado los beneficios desde el cambio de propietarios.

Sabía que, si su padre no la escuchaba, sería imposible dar la vuelta a las cuentas. Había comprado la propiedad cuando operaba con pérdidas, y eso no se arreglaba en quince días.

Estaba allí porque su padre confiaba en ella hasta cierto punto. No entendía por qué, entonces, no consideraba sus ideas.

Iba hacia su despacho cuando vio a Brady. No había tenido tiempo de pensar en él esa mañana. Ya había pasado demasiadas horas dando vueltas en la cama, con él en mente.

Se concedió un instante para admirar al magnífico espécimen de hombre que era, recorriendo su musculoso cuerpo de arriba abajo.

El polo blanco resaltaba el color tostado de sus bíceps. Los vaqueros descoloridos hacían maravillas con sus largas piernas. Comprendió que nunca antes había mirado a un hombre así y se le aceleró el pulso.

Posiblemente no fuera más que un ataque de lujuria. Tal vez Brady Stone le parecía atractivo porque era un desconocido que estaba de paso; y por las flores, la cena y el consuelo que le había ofrecido cuando no se sentía bien.

Por no mencionar el paseo por la playa. Planificado o no, había sido el momento más romántico de su vida. Eso demostraba lo patética que era la vida que estaba viviendo.

En ese momento, Brady volvió la cabeza y la vio. Capturó su mirada y sonrió con suficiencia.

Ella maldijo para sí. La había pillado escrutándolo. Pero era tarde para remediarlo. Irguió los hombros, alzó la barbilla y fue hacia él.

–Buenos días –saludó, sonriente.

–Buenos –Brady esbozó una cálida sonrisa.

–Ayer por la tarde, cuando te vi en la playa, olvidé darte las gracias de nuevo por las flores y la cena, estaba pensando en otras cosas –siguió sonriendo–. ¿Estás disfrutando de tu estancia?

–Por ahora sí.

–Si hay algo que pueda hacer para que tu visita sea más agradable, no dudes en pedirlo.

La sonrisa de él se amplió, traviesa. Los ojos color chocolate chispearon.

–Seguro que se me ocurre algo. ¿Es una invitación abierta a todo?

Ella supo que, sin pretenderlo, le había dado pie. Se le humedecieron las palmas de las manos al ver cómo la miraba. Tendría que haber sabido cómo interpretaría su inocente comentario. Al fin y al cabo, era un hombre.

–Tengo una agenda muy apretada –le dijo, esperando sonar profesional, no como una adolescente nerviosa–. Me encantaría ponerme a tu disposición. Es decir…

–Sé lo que quieres decir, Sam –susurró él, inclinándose hacia su oído–. ¿Cuándo puedo esperar que te pongas… a mi disposición?

–Ejem –Sam miró a su alrededor, el vestíbulo estaba vacío.

–¿Qué te parecería empezar con una cena que no fuera en tu despacho? –Brady se apartó y soltó una risita.

–No sé, Brady –Sam anhelaba aceptar.

–Ya hemos compartido un paseo romántico al atardecer –le recordó él–. Una cena no lo sería tanto.

En eso tenía razón. Además, era un hombre de negocios que estaba de paso. Una cena no tenía nada de malo; no implicaba una relación intensa que fuera a quitarle tiempo de trabajo.

–¿Estás libre esta noche? –le preguntó.

–Desde luego. Yo me encargaré de organizarlo todo –estiró el brazo y le apartó el pelo de los hombros–. Nos veremos en mi suite a las seis.

Antes de que pudiera decirle que era demasiado pronto, él se marchó. Sam se recordó que se había impuesto la norma de no salir con los huéspedes. Pero como nunca rompía las reglas, una vez sería la excepción que las confirmara.

Lo observó cruzar el vestíbulo y salir fuera. Era un hombre de un atractivo impresionante.

Sam se obligó a concentrarse durante el resto de su ajetreado día de trabajo, pero su mente la traicionaba con frecuencia. En vez de pensar en cómo atraer a más turistas al complejo propiedad de su padre, pensaba en cuánto tiempo llevaba sin practicar el sexo.

Ni siquiera sabía por qué estaba pensando en el sexo. No tenía la más mínima intención de tener un encuentro íntimo con Brady. Pero era obvio que se interesaba por ella y no podía evitar imaginarse con él entre las sábanas.

«Sexo». Esa palabra no había entrado en su mente desde que había empezado a intentar ganarse el respeto de su padre y lograr un puesto en su empresa. Había dado de lado a sus deseos personales para concentrarse en su carrera.

Sam llevaba toda la vida intentando ser importante para su padre. Su madre había fallecido años antes, dejando a Sam, de cinco años, y a Miles, de ocho, en manos de un magnate de los negocios que no sabía nada de educar a niñas pequeñas. Eso había favorecido a Miles.

Ella había seguido adelante con su vida por sí sola, y le gustaba creer que eso la había hecho fuerte. Sam no necesitaba ayuda, y menos de un hombre. En el fondo, agradecía a su padre que le hubiera hecho valerse por sí misma.

Sin embargo, el coqueteo con Brady Stone parecía estar aliviando su depresión. Verlo de vez en cuando hacía que sus ajetreados días fueran mucho más placenteros.

La pantalla del ordenador empezó a irritarle los ojos y miró el reloj. Faltaba un minuto para las seis. Guardó la propuesta en la que había estado trabajando y apagó el ordenador.

Corrió al ascensor y se recostó con alivio en la

fresca pared de metal. Se tensó al ver su reflejo en las puertas de acero.

No podía flirtear con Brady con el traje arrugado como una pasa y el pelo alborotado. Su maquillaje había pasado a mejor vida y se le notaban las ojeras. Tenía un aspecto desastrado y expresión de cansancio.

Sonó la campanilla del ascensor. Sam inspiró profundamente. Iba a cancelar la cita para cenar.

Llamó a la puerta de la suite y esperó. Cuando la puerta se abrió y vio a Brady, sonriente como siempre, olvidó el discurso que había preparado.

Capítulo Cinco

–Empezaba a pensar que te habían hecho una oferta mejor –dijo él, indicándole que entrara.

–No es una oferta mejor, pero tengo que cancelar la cita –siguió en el pasillo, intentando no ver la mesa iluminada con velas que había junto al balcón–. El trabajo se ha alargado más de lo que esperaba y estoy sin arreglar. ¿Podríamos cenar otro día? ¿Uno en el que tenga tiempo de refrescarme antes?

Él agarró su mano y tiró de ella hacia dentro.

–Tonterías, estás aquí ahora y tan guapa como siempre.

Sam se dejó atrapar por su telaraña. No entendía por qué ese hombre dominante la subyugaba y hacía cambiar de opinión.

Tal vez fuera porque le gustaba que la desearan, aunque sólo fuera por un rato. Y porque era una mujer que se sentía atraída por un desconocido. Daba igual que no estuviera perfecta, era obvio que a él no le importaba. Eso demostraba que Brady Stone quería estar con ella porque disfrutaba de su compañía tanto como Sam de la de él.

La combinación del delicioso olor a comida y

el aroma masculino y fresco de Brady asaltó sus neuronas. Su sentido común echó a volar.

Echó un vistazo a la suite. Junto a la puerta de la terraza había una mesa de cristal con una vela y dos platos cubiertos con tapas plateadas.

–Parece que has pensado en todo –dijo, yendo hacia la mesa. Estar a solas con Brady en un ambiente tan personal le excitaba los nervios y le aceleraba el pulso–. Espero que no haya supuesto ninguna molestia.

–En absoluto –aseguró él, con su cálida y sensual voz.

Había un delicado capullo de rosa junto a uno de los platos. Por segunda vez, en menos de veinticuatro horas, ese hombre asombroso había alegrado su día con un toque de belleza.

–Está precioso –le dijo, volviéndose hacia él.

–Hace juego con la compañía –replicó él, acercándose con una sonrisa.

Ella se preguntó por qué esas frases hechas y vanas sonaban tan bien en su boca. Ninguna mujer adulta con sentido común se dejaría camelar por esa actitud seductora. Era obvio que ese hombre le hacía perder el juicio. Y le daba igual.

–No sé cómo de buena será la compañía –dijo, mirando los ojos oscuros e inhalando su embriagador aroma, pero aún dispuesta a escapar–. No he parado desde esta mañana y me temo que, si me siento, me quedaré dormida.

–Entonces, tendré que hacer algo para mantenerte despierta –repuso él, clavando los ojos en sus labios. Sin darle tiempo a respirar, se acercó y capturó su boca.

La sorpresa sólo duró un instante; luego dio paso al placer. Brady la rodeó con los brazos y la atrajo contra su cuerpo firme y esbelto.

Ella no tuvo otra opción que responder al ataque. No quería pensar en cuánto tiempo había pasado desde la última vez que la habían abrazado y besado así. Ni quería reconocer cuánto necesitaba esa intimidad. Y menos aún quería plantearse lo rápido que iba Brady. En ese momento le daba igual conocerlo desde hacía apenas dos días.

Él entreabrió sus labios con la lengua. Ella lo aceptó, rodeó su cuello con los brazos y hundió los dedos en su cabello espeso y rizado. Tras probar su sabor, no iba a dejar que se apartara.

Brady deslizó las manos por su espalda, creando una deliciosa fricción con el satén de su blusa y el calor de su piel.

Se oyó un gemido. Sam no supo si era suyo o de él. Daba igual, sus bocas eran una.

–Llevo dos días deseando hacer esto –dijo él, mordisqueando su labio inferior.

–Me alegra que no hayas esperado más –Sam abrió los ojos.

–No suelo atacar a las mujeres, pero contigo no puedo controlarme.

–¿Atacar? Si me atacaran así más a menudo, tal vez no me absorbería tanto el trabajo –dijo Sam. La risa profunda de él vibró en su pecho.

–¿Ya estás despierta?

–¿Eh?

–Has dicho que estabas cansada.

Ella sintió una oleada de decepción. Lo soltó y dio un paso atrás.

–Oh, bueno, sí.

–Eh, no vayas a ofenderte ahora.

–No sé por qué dices eso –contestó, aunque había alzado la barbilla y tensado los hombros.

–Sólo estaba utilizando tu cansancio como excusa –se acercó de nuevo a ella.

Sam puso una mano en su pecho para detenerlo.

–No das la impresión de ser un hombre que necesite una excusa para besar a una mujer. Menos aún si siempre besas con tanta… pasión.

–¿Pasión? –la sonrisa seductora de Brady se ensanchó–. ¿Eso quiere decir que seguirás despierta y me harás compañía?

Escrutó su rostro con ojos ardientes, avivando la llama de deseo que había prendido en ella.

Sam se dijo que tal vez la cena fuera un error. No iba a poder concentrarse en nada que no fuera su deseo de estar desnuda con ese hombre al que hacía apenas cuarenta y ocho horas que conocía.

Notaba el latido fuerte y pausado de su corazón bajo la palma de la mano. Era obvio que no estaba tan excitado como ella.

Se preguntó si tenía algún efecto sobre él o si no era más que otra mujer a la que dedicar su atención. No tenía ninguna duda de que Brady era mucho más experto en el tema sexual que ella.

–Mira –dijo, apartando la mano de su pecho para distanciarse de la tentación–. Dirijo un complejo vacacional y estoy muy ocupada. Ni siquiera sé si tengo tiempo para una aventura.

Brady la miró fijamente unos segundos, después estalló en carcajadas.

–¿Siempre dices lo que se te pasa por la cabeza?

–Así no hay malentendidos.

–A mí tampoco me van las aventuras –volvió a mirar sus labios–. Quiero pasar tiempo contigo mientras esté aquí. Esta noche cenaremos juntos. Sin presiones.

Antes de que ella pudiera contestar, notó la vibración de su móvil en el bolsillo.

–Tengo que contestar –dijo, sacándolo.

–Tómate tu tiempo. Serviré el vino –se alejó para darle la intimidad que necesitaba.

–Hola –contestó ella, sin molestarse en mirar la pantalla de identificación.

–Estas cifras son inaceptables, Samantha.

Ella oyó el tintinear de las copas a su espalda, pero se centró en la ira de su padre.

–¿Qué quieres decir?

–El número de huéspedes ha bajado un diez por ciento este trimestre. Esperaba que consiguieras que aumentara.

–Hago lo que puedo –Sam se alejó un poco más de Brady–. Si pudiéramos sentarnos y hablar sobre mis ideas…

–Deja ya ese tema –gruñó Stanley–. Sólo quiero que hagas lo que te envié a hacer. No pretendas ir por delante de mí, y no olvides quién está al mando.

Sam dio un bote, como si la hubiera abofeteado. Se sentó en el sillón de dos plazas.

–Como si pudiera hacerlo.

–¿Estás en tu despacho? –preguntó él.

–He tenido que salir un momento –dijo Sam, mirando a Brady.

–Deberías concentrarte en tu trabajo en vez de socializar, Samantha –Stanley soltó un suspiro–. Mi complejo no va a gestionarse solo.

Sam cortó la comunicación. Ya no le apetecía cenar ni estar con Brady. Su padre siempre conseguía echar un jarro de agua fría sobre todo lo bueno que surgía en su vida. Le parecía muy triste que el hombre sólo fuera capaz de pensar en negocios y finanzas.

Era comprensible que su madre hubiera sido infeliz.

La mano de Brady apretó la botella. Tenía la sensación de que sus planes para la velada acababan de evaporarse. Y, por primera vez en su vida, los negocios no eran lo prioritario en su mente.

Al ver el dolor y confusión en la mirada de Sam, dejó la botella y cruzó la habitación. Le apartó un mechón de pelo del hombro.

–¿Estás bien? –preguntó.

–Problemas de negocios –forzó una sonrisa falsa–. Pero me temo que no seré buena compañía esta noche. ¿Podemos dejarlo para otro día?

–Por supuesto –aceptó él, consciente de que ella no quería dar impresión de debilidad, y menos ante un desconocido.

No había dicho quién había llamado, pero Brady lo adivinaba. Por lo visto, hablar con Stanley Donovan incomodaba a todo el mundo.

Escoltó a Samantha hasta la puerta, maldiciendo a su padre para sí. Aparte de que Brady necesitaba obtener información de Sam, también había tenido intención de seducirla.

Lo que más odiaba era que el viejo pudiera apagar la luz de los ojos de Sam en un instante.

No podía permitirse que lo afectaran su inocencia y vulnerabilidad. Los negocios eran los negocios. Tendría que recordárselo a menudo, o la dulzura de Samantha podría con él.

–Gracias por tomarte tantas molestias –dijo Sam, ya en la puerta. Abrió y salió.

Brady miró la acogedora mesa situada ante la terraza y tuvo la impresión de que se burlaba de él. La velada había fracasado. Era cierto que había planificado algo de engaño y seducción, pero en absoluto había querido que Sam saliera de allí dolida y confusa.

Brady fue hacia el escritorio, levantó el teléfono y llamó a Cade.

–Hola –contestó su hermano.

–Tenemos un problema.

–¿Qué ocurre?

Brady volvió a la zona de estar y se sentó en el sillón que había ocupado Sam poco antes.

–Stanley acaba de llamar a Sam y, por lo que he oído, está enfadado por el informe que le ha enviado.

–¿Ha comentado ella algo de la llamada?

–Es demasiado discreta para hablar de negocios conmigo –Brady apoyó los codos en las rodillas y se frotó la frente–. Ahora me preocupa que Stanley descubra que estoy aquí. Voy a tener que acelerar mi juego.

–Da la impresión de que es tan déspota con su hija como con los demás –comentó Cade.

Brady había pensado lo mismo. Le parecía increíble que un padre pudiera ser tan duro con su propia hija. Ningún hombre debería tratar a Sam con tan poco respeto.

De repente, comprendió que él no era mejor. Brady le había faltado al respeto a Sam desde el momento en que se acercó al mostrador de recepción para prestarle asistencia. Sin embargo, dar marcha atrás no era una opción. Sam quedaría atrapada entre dos fuegos, pero no podía evitarlo. Los negocios eran lo primero, y punto.

Además, se lo debía a su padre. Había adquirido la propiedad y sacado la primera palada de tierra cuando Brady sólo tenía diez años. Su madre había elegido el nombre de Lani Kaimana. Ella siempre había querido vivir en Kauai y su padre se había asegurado de que siempre tuviera un lugar al que ir. Lani Kaimana había sido el primer complejo vacacional de su familia y Brady necesitaba que la propiedad volviera a manos de los dueños originales. Los sentimientos de Sam no podían interferir en su misión de reconquista.

–¿Qué quieres que haga? –preguntó Cade.

–Nada. Sólo quería que estuvieras preparado por si Donovan decide intentar quitarnos otra propiedad.

–Mantenme informado.

–Lo mismo digo. Ya hablaremos –Brady puso fin a la llamada. Pensó que debería ir a ver si Sam estaba bien, pero era preferible darle un rato de privacidad antes de hacerlo.

Odiaba tener que aprovecharse de su estado de ánimo, pero no tenía otra opción si pretendía arruinar a Stanley Donovan. Brady nunca había permitido que sus hormonas controlaran una transacción de negocios y no iba a empezar a esas alturas de su vida.

Se metió la tarjeta que abría la puerta en el bolsillo y salió de la suite. No tenía ni idea de qué habitación ocupaba Sam, ni siquiera sabía si dormía allí. Sólo sabía que necesitaba encontrarla.

Decidió empezar por su despacho y seguir buscando si no la encontraba allí. Cuando se asegurara de que estaba bien, retomaría su plan original.

Capítulo Seis

Dos días. Llevaba dos días enteros sin ver a Sam, a pesar de sus esfuerzos por encontrarla. Era obvio que estaba ocupada y no quería que la distrajeran, pero Brady no iba a rendirse. Tenía que llegar a ella, establecer una relación.

Caminó por el ancho pasillo de mármol por enésima vez en las últimas cuarenta y ocho horas. En algún momento tendría que regresar a su despacho. Indudablemente, era muy trabajadora y no de esas personas que lo delegaban todo.

Le sorprendió encontrar la puerta del despacho abierta de par en par. Asomó la cabeza, esperando ver a Sam sentada ante el escritorio, sufriendo una nueva migraña. Pero el despacho estaba vacío.

Era un hombre que aprovechaba todas las oportunidades, así que entró en la espaciosa habitación y se sentó ante el escritorio. No había planeado mirar los papeles que había sobre él, pero no pudo resistirse.

Sus ojos recorrieron la propuesta y su mente aprobó cada cifra que veía. No sólo eso, a Brady lo intrigaron las sugerencias de renovación que había apuntado en la parte inferior de la hoja. La mujer tenía visión empresarial, a diferencia de su padre. Tal vez su fuerte sí fueran los negocios. Su respeto por ella se incrementó.

Si se ponían en práctica las propuestas que expresaba en el documento, Lani Kaimana podría convertirse en el complejo vacacional más prestigioso del mundo. Las ideas tenían que ser de Sam. A Stanley no se le habría ocurrido nada tan bueno, fresco y novedoso.

Si el viejo Donovan escuchara a Sam, el hotel se llenaría hasta la bandera. Brady deseó tener a alguien con tanto talento y pasión trabajando de su lado.

De repente, se le ocurrió una idea tan brillante que dio un bote en el asiento. Necesitaba a Samantha Donovan en su equipo.

Pero antes tenía que recuperar el complejo.

Si sus planes funcionaban en el orden previsto, no sólo recuperaría su propiedad, también contaría con Samantha en su empresa; sería un doble éxito.

–¿Buscas algo?

Brady dio un respingo y su mirada se encontró con la de Sam. Ella tensó la mandíbula y cruzó los brazos sobre el pecho.

–A ti –respondió Brady. Había estado tan absorto en su propuesta que no la había oído entrar.

–Si has acabado de cotillear en mis negocios, tengo trabajo que hacer –dijo ella, acercándose al escritorio y poniéndose a su lado.

Brady, sin ninguna prisa por marcharse, se recostó en el sillón de cuero.

–No te robaré mucho tiempo. Primero quería asegurarme de que estabas bien. La otra noche me dejaste preocupado.

–Estoy muy bien. Gracias.

–Bien. En segundo lugar... –señaló los documentos– eso es impresionante. ¿Piensas implantar todos esos cambios aquí?

–Lo haría si pudiera –Sam dejó escapar una risita seca.

–Entonces, ¿los planes no están en marcha aún? –Brady se levantó, dispuesto a presentarle su oferta de inmediato.

–Ojalá lo estuvieran.

–Lo que he visto me ha impresionado –dijo él, intentado allanarse el camino.

No podía permitirse perder su confianza ni que dudara de la razón de su presencia allí. Había ido demasiado lejos y tenía demasiado que perder.

–¿En serio? –la voz de ella se suavizó. Apoyó una cadera en el escritorio–. ¿Y eso por qué?

–Mi hermano y yo somos dueños de una empresa inmobiliaria y nos especializamos en renovar hoteles y negocios. Aquí queda muy claro que sabes de qué estás hablando.

–Gracias –dijo ella, mirando la página.

–Lo digo en serio –reiteró él–. Tienes un buen sentido empresarial.

–Te lo agradezco, a pesar de que hayas estado cotilleando.

Apoyó una mano en el escritorio y se inclinó hacia delante. Él clavó los ojos en la sencilla camisa blanca que se tensaba sobre sus senos. Sam estudiaba la página.

–Los cálculos son impresionantes.

Ella alzó la cabeza y lo pilló mirándola. Sonrió.

–Si has acabado de comentar mis tonterías, tengo que volver al trabajo.

Brady contuvo el deseo de besarla y señaló las cifras que había en la página.

–Son muy buenas cifras. Y tus ideas no son ninguna tontería.

–Mi padre no opina lo mismo.

–Entonces, le demostraremos todo su potencial –Brady puso las manos sobre sus hombros.

–Apenas te conozco –Samantha juntó las cejas–. ¿Por qué ibas a ofrecerte a ayudarme?

–Antes de rechazarme, escucha –el corazón le latía con tanta fuerza que temió que ella lo oyera–. Este complejo tiene muchas posibilidades y, tras echar un vistazo a tu propuesta, es obvio que lo sabes. Estoy adquiriendo varias propiedades y me vendría bien la colaboración de alguien que plantea los cambios con tanto brío.

–Aprecio tu entusiasmo por mi trabajo –escrutó su rostro–, pero sigo sin entender tus motivos para hacer algo así. ¿No estabas aquí en viaje de trabajo?

Él no se amilanó por su falta de confianza. Tenía una agenda y la seguiría hasta el final.

–Oí la conversación que tuviste con tu padre –le

dijo–. Sé que no aprecia tus ideas. Veo lo que puedes ofrecer y no debería ser desperdiciado.

–Esto no es buena idea –sacudió la cabeza y desvió la mirada–. Ahora, si me perdonas, tengo que volver al trabajo.

Brady asintió y salió del despacho. Dejaría que diera vueltas a la semilla que había plantado en su mente. Volvería a insistir cuando estuviera más tranquila.

Pondría a Cade al tanto de su plan; Sam no sería capaz de rechazar a los dos Stone en acción.

Sam estudió su propuesta, encantada porque alguien se la hubiera tomado en serio. No iba a rendirse ante su padre. Si renunciaba a su sueño para el complejo, se arrepentiría siempre.

Igual que se arrepentía de haber hablado con Brady Stone. Había plantado una idea tentadora en su cabeza y desearía poder borrarla y olvidarla.

No sabía si podía confiar en un desconocido para que la ayudara a rejuvenecer el complejo. Era innegable que había hecho milagros a la hora de dar una nueva vida al deseo sexual que había enterrado hacía mucho tiempo.

Pero en el caso de los negocios no podía dejarse llevar por sentimientos personales.

Dirigir el complejo era la primera, y probablemente única, oportunidad que tenía para demostrarle a su padre cuánto valía. Si confiaba su planes a Brady, él podría aprovecharse de su debilidad para abrir un complejo aún más grande al lado del suyo. Kauai era una isla emergente y lo último que necesitaba era otro competidor.

Sam se rió. Se le estaba pegando el cinismo de su padre. El instinto le decía que confiara en Brady. Además, en ese momento, necesitaba a alguien que la apoyara.

Se sentó ante el escritorio, alzó el auricular y marcó el número del despacho de su hermano. La secretaria le pasó la llamada de inmediato.

–Sam –la voz sedosa y grave de Miles resonó en su oído–. ¿Qué ocurre?

–¿Te ha hablado papá sobre el complejo? –preguntó.

–Sé que está disgustado –Miles hizo una pausa que picó la curiosidad de Sam.

–¿Por qué?

–Pregúntaselo a papá.

Sam se recostó en el asiento y sujetó el auricular con el hombro y la oreja.

–Te lo estoy preguntando a ti.

–No soy yo quien debe decírtelo –suspiró él.

–Cuanto más alejada me mantengáis de la información, más daño haréis a la compañía. La comunicación es la clave para el buen funcionamiento de una empresa.

–Parece que tendrás que discutir eso con la superioridad, hermanita –Miles se rió.

–Soy tan socia como tú –protestó ella–. Necesito saber qué es lo que me estás ocultando.

–De acuerdo. A papá le preocupa que, si las cifras no mejoran, tendrá que nombrar a otro gerente o, en última instancia, vender. Va a concederte seis meses más.

–¿Qué? –la incredulidad y el disgusto le oprimieron el pecho como una tenaza.

–Ahora entenderás por qué papá ha insistido tanto en que le dieras la vuelta a la situación –explicó Miles.

–¿Cómo habéis podido ocultarme algo tan vital? –exigió ella, apretando el auricular.

–No ha sido idea mía.

Sam colgó sin despedirse de su hermano, más desolada que antes. Marcó el número del despacho de su padre, que contestó al segundo timbrazo.

–Samantha, estoy muy ocupado. ¿Es algo que pueda esperar hasta más tarde?

Ella pensó que, dado que había contestado tras ver su número en la pantalla, no estaría tan ocupado como pretendía hacerle creer.

–No, no puede esperar –aseveró. Por una vez, tendría que escucharla y ponerla por delante de su amada empresa.

–Que sea rápido.

–¿Por qué diablos no he sido informada de que estaba trabajando en periodo de prueba? –Sam cruzó las piernas y se recostó.

–No me pareció necesario decírtelo.

–Miles lo sabe –Sam clavó las uñas en el brazo del sillón.

–Sam, déjalo estar –su padre suspiró–. Ocúpate sólo de dirigir mi complejo vacacional.

Ella sintió el golpeteo de la sangre en las sienes. Apretó los dientes.

–Bien –contestó–. Me ocuparé de todo a este lado.

Después de colgar, Sam se obligó a inspirar lentamente y a soltar el aire de la misma manera. Necesitaba calmarse y pensar antes de tomar decisiones de las que podría arrepentirse.

Lo había intentado. Llevaba casi toda la vida luchando para ganarse el respeto de su padre. Ya adulta, casi había tenido que suplicarle para que le ofreciera un puesto en su empresa. Y por fin veía lo que estaba haciendo en realidad. Como si fuera una niña pequeña a la que tuviera que seguir la corriente, le había ofrecido pequeños trabajos para quitársela de encima; y encima con carácter temporal.

No volvería a ocurrir. Estaba más que dispuesta a ser apreciada y a que la tomaran en serio como mujer de negocios.

No estaba segura de qué paso daría a continuación, pero sí sabía que estaba harta de ser pisoteada por su hermano y su padre. Los hombres controladores se habían convertido oficialmente en algo del pasado. A partir de ese momento, si no la veían como la profesional de talento que era, haría lo que quisiera y que considerara mejor para ella. Tal vez tendría que arrepentirse de tomar decisiones arriesgadas, pero tenía que hacer algo drástico, o al menos considerar todas sus opciones.

Si su padre y Miles no apreciaban su valía, conocía a alguien dispuesto a convencerlos de que la tenía.

Capítulo Siete

Brady acababa de doblar y meter en la maleta el último par de pantalones cuando alguien llamó a la puerta de su suite.

Se preguntó quién sería. Aún no había llamado al botones. Abrió la puerta y sonrió al ver a Sam.

–Me gustaría hablar contigo, si tienes un minuto –dijo ella, juntando las manos.

–Entra, por favor.

Ella entró, dejando a su paso un dulce aroma a jazmín. Brady inspiró profundamente para llenarse los pulmones; eso incrementó su deseo. Cerró la puerta a su espalda.

–¿Hay algún problema?

–Depende –Sam miró a su alrededor, mordisqueándose el labio.

Estaba nerviosa por algo. Eso tendría que haber alegrado a Brady, pero lo preocupó.

–Siéntate –dijo, señalando el sofá.

–¿Te marchas ya? –preguntó Sam, mirando la maleta casi llena que había sobre la cama.

–Tengo que volver a la oficina para una reunión con mi abogado. Tenía la esperanza de verte antes de irme.

Ella se sentó en el sofá y cruzó las elegantes piernas desnudas. La falda azul pálido dejó ver unos centímetros más de muslo bronceado. Brady tragó saliva y controló el impulso de removerse en el asiento.

–Me alegro de haber venido antes de que te fueras –apoyó el codo en el brazo del sofá, juntó las manos y alzó la barbilla–. He estado considerando tu propuesta.

Él tomó aire, pero no se atrevió a esperanzarse demasiado.

–Pero me gustaría saber si hablabas en serio cuando dijiste que creías que el complejo tenía mucho potencial, porque este lugar lo es todo para mí.

Él conocía la sensación. Lani Kaimana era como su familia. Era la espina dorsal del legado de su padre y el pilar sobre el que se había asentado el resto de su empresa. Los Stone habían creado el lugar y él no estaba dispuesto a permitir que su enemigo lo destrozara por culpa de una mala técnica empresarial.

Tal y como él lo veía, si utilizaba a Sam y sus ideas, no sólo pondría el complejo al día, además lo haría a costa de Stanley Donovan.

Eso no tenía precio.

–No lo dudes. Nunca miento en cuestión de negocios –contestó, con toda sinceridad.

–En ese caso –carraspeó–, me gustaría plantearte la posibilidad de trabajar contigo en ciertos planes. Si piensas volver, claro.

Brady no pudo evitar mirarla boquiabierto. No había esperado que ella fuera a buscarlo. Lo había deseado, claro, pero se preguntó qué le había hecho cambiar de opinión en tan poco tiempo.

–¿Puedo preguntarte a qué se debe el súbito cambio de actitud? –se acercó al borde del asiento, nervioso–. La última vez que hablamos, ni siquiera quisiste considerar mi propuesta.

–Digamos que he despertado de golpe. No me comprometo a nada, pero me gustaría saber cómo pretendes ayudarme.

Él quería ayudarla. Quería adquirir el control y usarlo para favorecer a su propia empresa. La excitación de estar un paso más cerca de arruinar a los Donovan fue una descarga de adrenalina.

–Podríamos cenar y comentar mis planes cuando vuelva –sugirió, apartándole el pelo del rostro.

–¿Una cena de negocios? –preguntó ella.

–Podría ser el principio de algo más.

Ella se rió y se puso en pie.

–Eso no me parece buena idea. Tal vez venir a verte ha sido un error.

Brady se levantó y agarró su brazo. No podía dejar que se marchara, estaba demasiado cerca de conseguir lo que quería... y la quería a ella. En su empresa, y en su cama.

Sus ojos se encontraron y vio una chispa de deseo en los ojos azul claro, percibió el calor que emanaba su cuerpo bajo sus dedos. No permitiría que se escapara tan fácilmente.

–Tu presencia aquí no es un error –musitó él–. Para nada.

Olvidando el sentido común, inclinó la cabeza buscando sus labios, sin dejar de mirarla. Esperó una señal, algo que lo detuviera. Pero cuando ella agitó las pestañas y entreabrió los labios, supo que había recibido justo la señal que no esperaba.

Sus labios se rozaron y una oleada de sensaciones adquirió el control. Deseo, pasión, necesidad.

La dulzura que le ofrecía con su boca hizo que le temblaran las rodillas. Y eso no le había ocurrido con ninguna otra mujer.

Introdujo la lengua en su boca y paladeó su sabor. Aparte de eso, sus cuerpos no se unieron.

Sabía que ella deseaba el contacto tanto como él; sin embargo, fue incapaz de aprovecharse.

Una mujer como Samantha se merecía un trato cuidadoso al que, obviamente, no estaba acostumbrada. Quería mostrarle otra parte de sí mismo, una que ella no esperaba y que sería incapaz de rechazar.

La seducción era clave para alcanzar su objetivo. Adivinaba que Sam era de las que simulaban no necesitar a nadie, pero que en el fondo deseaba afecto y amor.

Brady le besó las comisuras de los labios y se apartó.

–Queda claro que sería muy difícil trabajar juntos en esto –murmuró ella, alzando los párpados.

–¿Lo dices porque no podemos controlar la atracción que sentimos? –preguntó él. Los labios hinchados le parecían aún más atractivos después de haberlos saboreado.

Ella asintió y miró su boca.

–No veo por qué no podemos mantener los negocios separados del placer –arguyó él, acariciando su brazo con el pulgar.

–¿Y qué ocurrirá cuando decidamos que nos hemos cansado el uno del otro? –preguntó ella–. ¿Pondría eso fin a tu oferta de ayudarme?

Brady, como no había estado con ella aún, no se imaginaba cansándose de la deliciosa Sam Donovan.

–Lo dices como si ya estuviéramos acostándonos juntos.

–¿Crees que no lo haríamos si siguiéramos viéndonos? –ella se encogió de hombros.

–Es verdad que siempre dices lo que piensas, ¿no? –Brady carraspeó para aclararse la garganta.

–¿Sentimos atracción sexual el uno por el otro o no?

–La sentimos.

–Suponía que lo que querías de mí era sexo –ella estudió su rostro.

A él la frase le pareció demasiado... «sucia». Aunque quería llevársela a la cama, tenía la sensación de que, si lo hacía, sin más, tanto él como ella se perderían algo importante.

–No mentiré. La idea de tenerte desnuda en mi cama me parece muy atractiva.

–Esto va demasiado rápido para mí –ella sonrió–. Es decir, hace unos días ni siquiera te conocía, y ahora pretendes que te confíe mi empresa y mi cuerpo. No puedo dejar de preguntarme qué ganarás tú con todo esto.

A Brady no le sorprendieron sus dudas. Era una mujer que conseguiría que un hombre le suplicara sin que él se diera cuenta de que lo hacía. Maldijo para sí, deseando haberla conocido en otras circunstancias.

Pero no podía decirle qué ganaría él con su oferta.

–Tendré la satisfacción de ayudar a una mujer, a la que he llegado a admirar, a ocupar el puesto que le corresponde en la empresa de su padre –puso las manos en sus hombros–. Sé lo duro que es este negocio. Además, tendré el beneficio adicional de verte y tocarte.

Ella se estremeció bajo sus manos, pero Brady se negó a permitir que la culpabilidad lo atenazara. La tranquilizó con un breve beso en los labios y se apartó. Tenía que mantener cierta distancia para impedir que sus propias emociones empezaran a jugar un papel en ese lío.

–Tengo que volver a mi oficina –le dijo–. Regresaré a la isla dentro de una semana. Pretendo comprar una casa para vacaciones en esta zona y tengo que estar pendiente para que no se me escape.

–Estoy deseando empezar a trabajar en la propuesta para actualizar el complejo –dijo Samantha.

–¿Y en mi propuesta personal?

–Te lo haré saber –arqueó una ceja perfecta.

Mientras volaba sobre el océano Pacífico en su jet privado, Brady apagó el teléfono móvil. No le apetecía hablar con Cade sobre Lani Kaimana o de Sam; sobre todo de Sam.

Le había telefoneado al embarcar y explicado sus progresos, pero su hermano había centrado la conversación en Sam, alegando que Brady se estaba involucrando demasiado con ella.

Cade no lo entendía. Ni siquiera Brady entendía lo que estaba ocurriendo con sus sentimientos. Pero sí sabía que tenía que seguir adelante con su plan.

Sam saldría herida, eso era un hecho. Se preguntó si a él le ocurriría lo mismo. Lo dudaba. Si recuperaba el complejo, no sentiría remordimientos.

Cabía la posibilidad de que Sam se hubiera metido bajo su piel, pero daba igual. Por la forma en la que lo había besado la noche anterior, él también se había metido bajo la de ella. Simplemente, tenía que seguir así.

La química sexual que había entre ellos haría que su plan funcionara con mayor fluidez. No sólo pretendía meter a Samantha Donovan en su cama, también quería recuperar la propiedad perdida. No había ninguna razón en el mundo que le impidiera conseguir ambas cosas.

Desde su punto de vista, ella no tenía por qué

enterarse de quién era. Por suerte, la mayoría de los empleados habían cambiado desde que su padre era propietario y nadie lo había reconocido.

Brady observó las nubes algodonosas que sobrevolaban y se arrellanó en el asiento. Samantha era un extra con el que no había contado, pero del que disfrutaría a conciencia.

Ella no lo rechazaría. Había visto deseo y pasión en sus ojos, había sentido ambas cosas en su beso. Era una mujer y las mujeres tenían necesidades, igual que los hombres. Pensaba satisfacerlas hasta conseguir lo que quería.

Su lista de deseos era sencilla: Samantha en su cama, el complejo de nuevo en sus manos y el imperio de Stanley Donovan aplastado.

Volvería a Kauai y no se marcharía de allí hasta haber conseguido todas esas cosas.

Capítulo Ocho

–Hay que vaciar la antigua sala de conferencias –Sam sujetaba el auricular con el hombro mientras tecleaba el presupuesto para la nueva guardería–. Quiero vaciar toda esa zona porque vamos a convertirla en un centro de atención de día, para los padres que deseen pasar algo de tiempo a solas.

–¿Está segura, señorita Donovan? –preguntó el jefe de mantenimiento–. Es la primera noticia que tengo al respecto.

Sam controló el deseo de soltar un suspiro.

–Estoy segura, Phillip. La sala de conferencias no se ha utilizado desde que estoy aquí y no hay nada programado. Tenemos el salón de baile para las recepciones y, si hiciera falta, podrían realizarse reuniones allí. Por favor, haz que vacíen la sala y avísame cuando hayan acabado. Enviaré a un equipo para que levanten algunos paneles de división.

–Usted es la jefa.

Lo era. Sam deseó que su padre lo viera así.

Revisó sus notas y guardó el archivo. Su padre no había aprobado la guardería, pero si quería avanzar en la empresa y ganarse su aprobación, tenía que tomar la iniciativa. Los huéspedes con niños podrían tomarse unas horas libres para almorzar a gusto o dar un paseo romántico por la playa.

Paseo romántico. Por la playa.

Hiciera lo que hiciera, sus pensamientos siempre volvían a Brady Stone y su impactante encanto. Nunca antes se había dejado seducir por los hombres de palabra fácil.

Físicamente hablando, Brady ya no estaba. Pero seguía presente en su mente, en su despacho y, cada vez que miraba por la ventana, en la playa por la que habían paseado juntos.

Maldijo para sí. Deseaba tener más fuerza de voluntad en lo concerniente a él; pero era una mujer y él un hombre de lo más sexy que además la consideraba atractiva y deseaba ayudarla. Era imposible intentar resistirse a eso.

Samantha sacudió la cabeza, esperando librarse de los pensamientos de Brady. Se puso en pie. Tenía que salir del despacho y comprobar que todo iba bien en su, *su* hotel. A fin de cuentas, ese complejo era su bebé y tenía que mimarlo.

Aunque Brady y ella iban a desarrollar juntos el proyecto, quería adelantarse a su regreso. Con un poco de suerte, los días pasarían más rápido y el trabajo llenaría el vacío que él había dejado al marcharse.

–Abby, ocúpate de mis llamadas, necesito hablar con Brady –dijo Cade.

Brady lo condujo a su despacho de la segunda planta.

–¿Qué ocurre? –preguntó Cade, cerrando la puerta a su espalda.

Brady se sentó tras el escritorio y apoyó los codos en el reluciente sobre de caoba.

–Dentro de unos días volveré al complejo.

Cade asintió y apoyó las manos en el respaldo del sillón de cuero que había ante el escritorio.

–¿Te ha proporcionado ella munición que podamos emplear contra su padre?

–Aún no. Pero tengo la sensación de que, con algunos encuentros más a solas, no tardaré en poder sacarle toda la información que necesitamos.

–Ten cuidado –le advirtió Cade–. Antes o después descubrirá quién eres.

Brady rezó para que eso no ocurriera.

–Antes de que lo haga, tendré los datos que necesitamos para destruir a los Donovan. Confía en mí –dijo Brady–. Conseguiré lo que necesitamos. Sólo quería que supieras que es posible que pase cierto tiempo en la isla. No pienso volver hasta conseguir nuestro objetivo.

Cade sacudió la cabeza y se rió.

–Una isla exótica, una mujer bella, aunque pertenezca al enemigo, y un plan de seducción. Hermano, eliges todas las tareas cómodas y gratificantes.

–Es una de las ventajas de ser el mayor –Brady sonrió y se recostó en el asiento.

–Asegúrate de que lo haces bien. No queremos fallarle a papá.

Brady sostuvo la mirada de su hermano. No le fallarían a su padre. Y ésa era la razón de que Brady no pudiera dejarse hechizar por Sam.

–¿Qué diablos es eso que he oído sobre una guardería?

Sam apartó el auricular de la oreja; la voz de su padre le estaba taladrando el tímpano.

Tendría que haber adivinado que alguien se lo diría. Trabajaba para una gran corporación, ya no estaba en el instituto.

–¿Quién te lo ha dicho?

–Eso da igual –bramó él–. Tal vez hayas olvidado las numerosas conversaciones en las que no sólo no autoricé ese ridículo plan, sino que lo rechacé de plano.

–Las recuerdo –aceptó ella, como si enfrentarse al gran Stanley Donovan fuera una nimiedad–. Pero soy la directora y veo lo que ocurre aquí y lo que quieren los clientes. Muchas parejas quieren tiempo para disfrutar de la tranquilidad de la isla sin que sus niños corran por todos sitios, reclamando su atención a gritos. Estoy segura de que ese sentimiento te resulta familiar.

La última frase se le escapó antes de poder meditarla, pero no se arrepintió de haberla dicho. Stanley Donovan nunca había sido un padre que se dedicara a sus hijos. Todo lo contrario. Bev, la madre de Sam, se había ocupado de todo. Tras su fallecimiento, Stanley había contratado a niñeras y, finalmente, había enviado a su hija a un internado en Suiza.

–A partir de ahora, me llamarás para informarme al principio y al final de cada día.

–¿Qué? –Sam dio un puñetazo en la mesa–. No puedes decirlo en serio.

–Lo digo muy en serio. Si no puedes seguir mis instrucciones, tendrás que informarme a diario de tus planes. Quiero saberlo todo, desde el número de huéspedes al número de rollos de papel higiénico que hay en el almacén.

–A Miles no lo tratas así –protestó ella, consumida por la ira.

–Miles no actúa a mis espaldas.

–Bien –Samantha apretó el auricular con fuerza–. Tendrás tu informe diario, pero no me culpes cuando el complejo entre en bancarrota porque eres demasiado testarudo para aceptar que algunos cambios son imprescindibles.

–Más te vale cambiar de actitud, niña, o te quedarás sin empleo.

–Me mato a trabajar aquí y nunca he recibido ni un halago ni un sencillo «gracias». No tienes ni idea de lo que hago.

–Cosas con las que no estoy de acuerdo –interpuso él.

–No voy a permitir que esto se vaya al garete. A ti parece no importarte, pero a mí sí me importa.

Sam colgó el teléfono. Le produjo cierta satisfacción hacerlo mientras su padre seguía hablando. Estaba más que harta. Nunca la habían considerado una empleada problemática y nunca le había colgado el teléfono a su jefe, pero eso era porque no había trabajado para su padre antes.

Le temblaban las manos de ira. Contó hasta cinco, luego hasta diez. Cuando llegó a veinte seguía enfadada.

¿Cómo se atrevía a hablarle como si fuera una niña? No se había tomado el tiempo para regañarla cuando era pequeña; no tenía sentido que empezara a hacerlo a esas alturas.

Sam echó la silla hacia atrás y se levantó. Necesitaba dar un paseo y tranquilizarse. Después volvería a entregarse al trabajo que nadie parecía apreciar.

Abrió la puerta de golpe y chocó contra una montaña de músculos y hombre sexy.

–Eh –Brady le agarró los brazos–. ¿Qué prisa tienes?

–¿Qué haces de vuelta? –alzó el rostro para mirarlo.

–Te dije que volvería –Brady dejó escapar una risita suave que traspasó la coraza de ira que la rodeaba.

–Hace sólo tres días que te fuiste. Dijiste que tardarías una semana.

–Acabé antes de lo esperado –se encogió de hombros–. Además, te echaba de menos.

Esas sencillas palabras la derritieron. Se le aflojaron las rodillas.

Él parecía haber adivinado lo que necesitaba y también que tenía un día malo, malísimo. Si hubiera sido cualquier otra persona, habría puesto una excusa para quedarse sola, pero no podía negar que le apetecía la compañía de Brady.

Él bajó las manos y curvó los dedos sobre sus muñecas.

–¿Podemos hablar? –le preguntó.

–Por supuesto.

Aún sujetándola, la hizo retroceder, cerró la puerta con el pie y capturó su boca.

Ella se amoldó a su cuerpo con un suspiro. Como una mujer desfallecida, aceptó cuanto le ofrecía mientras deslizaba las manos brazos arriba hasta curvarlas sobre sus musculosos hombros. Él rodeó su cintura y la atrajo hacia sí... Ella percibió su necesidad, su deseo, y estuvo segura de que él también percibía el suyo.

Sintió calor entre las piernas y sus pezones se tensaron contra el sujetador de seda. Su necesidad de ese hombre no le dejaba otra opción que responder al excitante beso.

Si conseguía que se humedeciera y derritiera con un simple beso, no podía imaginar qué le haría sentir en la cama.

Capítulo Nueve

Brady no la soltó hasta que terminó de besarla.

–Llevo días pensando en eso. Sabía que merecerías la pena.

Confusa, atónita e increíblemente excitada, Sam abrió lo ojos y lo miró.

–Creo que no deberíamos hacer esto.

–¿Por qué no? –él juntó las cejas.

Buena pregunta. Ella tuvo que dejar de lado su deseo y anhelo para recordar la excusa que había practicado mentalmente.

–Porque yo no me muevo así de rápido –dijo, con voz espesa–. No es que no me sienta atraída hacia ti, pero un polvo rápido en mi despacho no cuadra con mi idea de lo romántico y lo profesional.

Él estudió su rostro, acariciándole el cuello con los pulgares.

–Aprecio tu honestidad, así que yo también seré sincero. Quiero tumbarte encima de ese escritorio y hacerte gritar. Romántica o no, ésa es mi fantasía.

–Brady –se le habían henchido los pezones ante esa imagen tan erótica. Apoyó las manos en su musculoso pecho–. Piénsalo. Si practicamos el sexo...

–Cuando practiquemos el sexo... –corrigió él.

Ella puso los ojos en blanco y se rió.

–Limitémonos a disfrutar el uno del otro mientras estés aquí por trabajo. Si llegamos a conocernos y las cosas avanzan a un ritmo natural y pausado, perfecto. Sin expectativas, ¿de acuerdo?

–Me parece justo –los ojos chocolate la miraron con seriedad–. Pero también lo es hacerte una advertencia: no pararé hasta que consiga cumplir mi fantasía.

Al oírlo hablar con esa voz grave y seductora, ella deseó tumbarse sobre el escritorio y dejarle hacer. Pero no podía, aún no. Su carrera profesional tenía prioridad, por mucho que la atrajera Brady.

Deseó, por primera vez en su vida, ser una chica mala y poner sus deseos personales por encima de cualquier otra cosa. Era odioso que cada célula de su cuerpo se empeñara en ser «formal» todo el tiempo.

Tras dedicar una hora a concentrarse en su respiración, Sam pudo volver al trabajo. Empezaba a dudar de su fuerza de voluntad. Le gustaba pensar que tenía mucha pero, si Brady volvía a besarla, cabía la posibilidad de que su mente llegara a un punto en el que sería incapaz de definir el significado de «fuerza de voluntad».

Brady le había dicho que estaría ocupado con llamadas de negocios el resto de la tarde, pero que le gustaría verla por la noche, si podía dedicarle un rato.

Por un lado, apreciaba que le diera espacio y tiempo; por otro, habría preferido que le dijera que no podía esperar para desnudarla y explorar cada centímetro de su cuerpo..., y al cuerno con los negocios.

Si le hubiera dicho que no podía esperar más para estar con ella, que quería pasar la noche a su lado, ella se habría rendido sin dar lugar al arrepentimiento.

Pero se había comportado como un caballero y había dicho que aceptaba su decisión. Sam se preguntó cómo iba a alentar a su fuerza de voluntad cuando él ya había derrumbado todas sus defensas.

Iba a echar una ojeada a la lista de reservas de la semana siguiente cuando sonó su teléfono móvil. Lo sacó del bolsillo de su chaqueta de Prada.

–Hola –contestó.

–Sam, ¿estás ocupada? –preguntó Miles.

–No. ¿Tú también llamas para regañarme?

Sam se recostó en el asiento. Una llamada de Miles era mejor que una de su padre, pero no mucho.

–Papá no sabe que te he llamado –explicó él.

–¿Y no tienes miedo de que te castigue? –bromeó ella.

–¿Podrías hablar en serio un minuto?

–Vale –suspiró–. ¿Qué es tan urgente como para haber tenido que actuar a espaldas de papá y llamar al enemigo?

–No eres el enemigo, Sam.

–Lo que sea –agitó la mano en el aire–. La razón de esta llamada es que…

–Papá está realizando cambios importantes y tu pequeña iniciativa no ha ayudado nada. La situación es bastante caótica por aquí, así que, si pudieras mantenerte al margen y hacer lo que te dice, sería una gran ayuda.

–Estás de broma, ¿no? –rezongó Samantha–. Trabajo el doble que cualquier otro empleado de la empresa sin recibir el más mínimo reconocimiento, ¿y encima pretendes que me mantenga al margen?

–Por lo que veo, no estás al tanto de los cambios.

Sam se enderezó en el asiento, segura de que no le gustaría lo que iba a oír.

–¿Crees que se habría molestado en contarme algo a mí? Imposible, está demasiado ocupado criticándome.

Miles hizo una pausa demasiado larga para gusto de Sam. Inquietante.

–Hemos contratado a un nuevo vicepresidente. Ocupará mi lugar y yo sustituiré a papá. Nuestro padre está pensando en jubilarse pronto.

A ella se le cayó el alma a los pies. Era obvio que no la habían tenido en cuenta. Era una Donovan, pero no lo bastante como para tomar parte en las decisiones importantes de la empresa familiar.

–¿Se ha planteado siquiera ofrecerme un puesto de más responsabilidad? –preguntó ella, odiándose por hacerlo.

–No.

–Es inaceptable –casi gritó Sam. No sabía si quería dar puñetazos a algo o echarse a llorar.

Después de todo lo que había hecho por la empresa, así era como la trataban. ¿Acaso no tenían ni un ápice de consideración entre los dos? Conocía la respuesta a su pregunta, pero no quería enfrentarse a la realidad.

Como era habitual el imperio Donovan reinaba por encima de todo. Incluso por encima de sus sentimientos.

Era obvio que su padre y Miles habían tenido a un candidato en mente durante un tiempo, o el proceso de selección habría sido más largo.

–¿Sam?

–Tengo que dejarte.

Colgó el teléfono. Por segunda vez en el día, sintió la necesidad de aire fresco. Pero, desgraciadamente, cuando abrió la puerta Brady no estaba allí para recibirla con los brazos abiertos y un beso capaz de quitarle el sentido.

Sam cruzó el vestíbulo del hotel y puso rumbo hacia la playa. Se quitó las sandalias Gucci y se las colgó de los dedos.

Tras darse un tiempo para absorber la bomba que había soltado Miles, comprendía que estaba más allá del dolor y del enfado.

Samantha sabía que sería incapaz de trabajar

durante el resto del día, así que decidió hacer lo que siempre hacía cuando se sentía abrumada y necesitaba liberarse de su frustración. Volvió a su habitación y se puso a limpiar.

Aunque no faltaba personal de servicio, Samantha prefería que los empleados dedicaran su tiempo a limpiar las habitaciones de los invitados. Además, ella pasaba casi todo el tiempo en el despacho o recorriendo el hotel y asegurándose de que todo iba bien, así que no manchaba mucho.

Sam no pensaba salir en un buen rato, así que se puso ropa de faena: unos pantalones de deporte y una camiseta de tirantes blanca. Luego sacó su cubo de material de limpieza.

Restregó la bañera hasta dejarla de un blanco cegador. Buscó pelusas por toda la habitación, pero sólo encontró una. Reorganizó la ropa del armario y deseó tener algo más que poder limpiar.

Estaba a punto de utilizar la recién fregada bañera para librarse del sudor provocado por el ejercicio, cuando alguien golpeó la puerta de su suite.

Sam se miró y deseó que no fuera un empleado que necesitara comentar algo con ella. No tenía la más mínima pinta de jefa.

Pegó el ojo a la mirilla y gruñó para sí. A veces era preferible que los deseos no se cumplieran. Asumiendo que iba a presentarse ante sus ojos con el peor aspecto posible, Sam abrió la puerta.

–¿Día de limpieza? –Brady, sonriente, recorrió su cuerpo de arriba abajo con los ojos.

–Sí. ¿Qué haces aquí?

Él se encogió de hombros y entró en la habitación.

–Tenía la esperanza de que aceptaras la invitación a cenar que te hice antes.

Se volvió hacia ella. Llevaba una camiseta blanca, vaqueros oscuros, cinturón negro y sandalias. Parecía salido de una portada de revista.

Ella pensó que, en comparación, tenía aspecto de loca. Se había recogido el pelo en una cola de caballo, que ya estaba medio despeluchada, y no debía de quedarle ni una gota de maquillaje en el rostro.

–Habría preferido que llamaras por teléfono antes de presentarte aquí –le dijo.

–Si hubiera telefoneado, habrías encontrado alguna excusa para no verme.

Ella admitió para sí que era muy probable.

–Estoy hecha un desastre, Brady. Acabo de limpiar la bañera y reorganizar el armario. No estoy en mi mejor momento.

–A mí me parece que estás muy linda –besó su frente y entró en la pequeña y acogedora zona de estar con toda tranquilidad–. Sigue con lo que tengas que hacer. Veré la televisión un rato mientras acabas de limpiar.

Derrotada, pero también complacida por no haberlo asustado con su aspecto, Sam lo siguió.

–No tardaré mucho.

–Te estaré esperando –contestó él. Agarró el control remoto de la televisión y la encendió.

Sam corrió al cuarto de baño y empezó a llenar la bañera con agua caliente, para relajar la tensión de sus músculos. Echó un buen chorro de gel de baño con aroma a jazmín y decidió aprovechar para depilarse.

Aunque fuera un baño rápido, cuando un hombre como Brady esperaba, había que esforzarse para intentar parecer femenina. Unas piernas recién depiladas y una loción perfumada eran un buen principio.

Mientras se secaba, se preguntó por qué su corazón latía desbocado como el de una adolescente. Se trataba de un hombre con el que ya había compartido varios besos. Un hombre que empezaba a importarle y al que, por lo visto, ella también le importaba.

Un hombre que había dejado muy claras sus intenciones. La deseaba. Y mucho.

Brady no tenía fama de ser paciente, pero por Sam estaba dispuesto a hacer una excepción. De hecho, iba a hacer esa excepción porque iba a arrebatarle el complejo vacacional.

Necesitaba información y ya estaba tardando demasiado en obtenerla.

Pero, sobre todo, tras ese apasionado beso en su despacho, quería volver a ponerle las manos encima. Necesitaba sentirla junto a él, provocar y escuchar sus suaves gemidos.

Incapaz de concentrarse en los programas, Brady apagó la televisión y se recostó en el mullido sofá de estampado floral. A su espalda oyó los pasos de Sam llegando desde el dormitorio y sonrió. El aroma a jazmín asaltó sus sentidos, incrementando su deseo de tocarla.

–¿No hay nada en la televisión? –preguntó ella, sentándose a su lado.

–Nada importante.

Sam no se había secado el pelo y parecía más oscuro, color miel tostada, en vez de oro. Tenía el rostro sonrosado y se había puesto unos pantalones cortos de color blanco y una camiseta negra sin mangas. Al ver cómo se marcaban sus pezones en el algodón, Brady adivinó que no llevaba sujetador.

–He tenido un día fatal. Si insistes en cenar conmigo, ¿te importaría que llamara al servicio de habitaciones?

–Me parece bien cenar aquí.

De hecho, pasar una velada íntima en su suite le parecía la situación ideal. Estando en su ambiente, había más posibilidades de que ella se relajara y estuviera dispuesta a compartir impresiones e ideas. Al menos, eso esperaba.

Incapaz de aguantar un momento más sin tocarla, puso una mano en su muslo desnudo.

–¿Qué quieres?

Ella tragó saliva y miró su boca.

–Cualquier cosa. Estoy hambrienta.

Él pensó que ya eran dos.

–No me di cuenta de cuánto te echaba de menos hasta que estuve lejos de aquí –dijo él. Por mucho que lo sorprendiera, era la pura verdad.

Ella puso las manos sobre su rostro, enmarcándolo, y él se sintió completamente perdido. El contacto lo excitaba y su confianza en él le cortaba las alas. Brady supo, sin ninguna duda, que se estaba condenando al infierno.

Capítulo Diez

Antes de que pudiera decir una palabra, ella lo atrajo y capturó su boca.

Él clamó al cielo. Esa mujer sabía lo que quería y era muy capaz de darle la vuelta a las cosas.

Lo instó a abrir los labios y permitir la intrusión de su lengua. Su sabor era fresco y mentolado, como si acabara de limpiarse los dientes.

Deslizó las manos por sus esbeltos brazos hasta llegar a los hombros; después le bajó los finos tirantes de la camiseta. Con la punta de los dedos, acarició la curva de sus senos, disfrutando al ver cómo se arqueaba hacia él.

Introdujo las manos dentro de la camiseta y moldeó sus pechos desnudos. Pasó los pulgares por sus pezones y tanto él como ella gimieron de placer.

Ella desplazó las manos hacia sus hombros y lo aferró con fuerza. Brady deseaba más. Dejó su boca y recorrió su cuello y sus clavículas con los labios, trazando un camino de besos.

Sam gimió al sentir que descendía.

Él capturó un pezón con la boca y Sam volvió a gemir. Justo entonces, sonó el teléfono de la suite, rasgando en dos los jadeos entrecortados.

–Tengo contestador –musitó ella.

Tras el tercer toque, saltó el contestador. La voz sedosa y serena de Sam vibró en el aire, pidiendo al interlocutor que dejara un mensaje.

–Samantha... –la voz de su padre retumbó en la habitación y ella se quedó helada, inmóvil–. Llámame inmediatamente. Más te vale que sea en menos de una hora.

Brady sintió una oleada de ira, pero controló su deseo de blasfemar en voz alta. El viejo, por lo visto, tenía la capacidad de arruinarlo todo.

Sam se apartó, se ajustó la camiseta y lo miró.

–Lo siento. Es mi padre –musitó.

Brady tuvo que sonreír; no podía dejarle saber que conocía de maravilla la voz del diablo.

–Ve a llamarlo. Parece urgente.

–Para él todo es urgente, excepto lo importante –fue a su dormitorio y cerró la puerta a su espalda.

Brady se quedó preguntándose qué quería decir con eso. Stanley era un bastardo, de eso no había duda, pero por lo visto también lo era con respecto a su propia hija. Lo había sospechado antes, pero la voz irritada y gruñona del anciano acababa de convencerlo.

Una parte de Brady sentía lástima por Sam, pero otra le decía que no podía involucrarse emocionalmente. Tenía que recuperar el hotel porque se lo debía a su padre.

Lani Kaimana ocupaba un lugar muy especial en su corazón y no renunciaría, a pesar de que una belleza de ojos azules se hubiera cruzado en su camino.

Sin embargo, la forma en que ella se había derretido bajo sus manos, le hacía preguntarse cómo podrían haber sido las cosas en otras circunstancias. Si se hubieran conocido en San Francisco, ¿se habrían convertido en amantes sin necesidad de que él insistiera para cumplir sus fines?

Era indudable. No habría permitido que Samantha desapareciera sin intentar, al menos, mantener una cita con ella.

Lo cierto era que en ese momento tenía acceso a la munición que necesitaba para destruir a Stanley Donovan. Mientras «ayudara» a Sam, contaría con su permiso para ver archivos que ningún enemigo debería ver.

Tras varios minutos de espera, Brady alzó el teléfono de la suite y llamó al servicio de habitaciones. Fresas, canapés y vino. No quería comer nada serio, pero sí cosas que pudiera ofrecerle a Sam con sus propias manos.

Necesitaba retomar la seducción que había estado en marcha antes de que el padre de Sam interrumpiera su velada.

Sin embargo, cuando Sam salió del dormitorio con el móvil en la mano y una expresión de derrota en el rostro, supo que sus planes tenían muchas posibilidades de haberse echado a perder una vez más.

–¿Va todo bien? –preguntó, poniéndose en pie para guiarla al sofá.

–Son asuntos personales.

–¿Quieres hablar de ellos?

Ella apoyó la cabeza en su brazo.

–Mi padre acaba de tomar ciertas decisiones que esperaba estuviera dispuesto a reconsiderar. Es obvio que le importan poco los sentimientos de los demás.

–No sé qué está ocurriendo, pero si quieres hablar…

–Gracias –le sonrió–. Prefiero no hacerlo.

Obvio, pensó él. Habría sido demasiado fácil.

–¿Te apetece ver una película? –sugirió–. He pedido la cena, llegará de un momento a otro.

–Bendito seas.

Mientras esperaban al servicio de habitaciones, eligieron juntos una película de acción que, para sorpresa de Brady, ella ya había visto y estaba encantada de volver a ver.

Ya tenían algo más en común, aparte de Lani Kaimana y la atracción sexual. Como si le hiciera falta una razón adicional que debilitara sus defensas con respecto a ella.

Cuando llegó la comida, Brady se encargó de darle la propina al camarero y condujo el carrito plateado hasta el sofá.

–¿Tienes una manta? –preguntó.

–¿Estás sugiriendo un picnic sobre la alfombra? –ella juntó las cejas.

–¿Te parece mal?

–Volveré enseguida –contestó ella, con una sonrisa deslumbrante.

Extendieron el grueso edredón color crema de la cama ante el sofá y se sentaron encima, con la comida, el vino y las copas.

Mientras transcurría la película, Brady ponía fresas en la boca de Sam. Estuvo a punto de gemir de placer cuando ella lamió el jugo rosado que corría por su mano.

–Ha sido una idea fantástica –alabó ella.

–Tú eres quien eligió no salir –le recordó Brady.

–Cierto, pero tú pediste la comida.

–A lo mejor es que formamos un buen equipo –aceptó él con una sonrisa.

Cuando acabaron con la comida y el vino, Brady apoyó la espalda en el sofá. Sam se instaló entre sus piernas, apoyada en su pecho. Él la rodeó con los brazos anhelando, más que nada en el mundo, arrancarle la camiseta para sentir el contacto de su piel.

Se recordó que tenía que seguir el ritmo de ella. Un ritmo que lo estaba matando con su lentitud.

Para cuando acabó la película, Sam estaba dormida.

Sam se despertó en su cama, a oscuras. Con Brady al lado. Alarmada, se incorporó de golpe.

–¿Qué? –preguntó Brady–. ¿Estás bien?

Ella intentó enfocar los ojos en la oscuridad y lo miró.

–¿Cómo hemos llegado aquí?

–Te dormiste –dijo él, con voz ronca y somnolienta–. Te traje en brazos.

Sam miró el reloj de la mesilla y gruñó.

–Son casi las tres de la mañana. Lo siento mucho, Brady.

–¿Qué es lo que sientes?

–Haberme quedado dormida –se volvió hacia él y sus labios estuvieron a punto de rozarse.

–¿Tengo pinta de que me haya molestado? –preguntó él, clavando la mirada en su boca.

–Pareces excitado –se lamió los labios.

–Lo estoy.

–¿Vas a hacerme el amor?

–Sí.

–Bien –dijo ella. Deslizó la mano camiseta arriba, acarició su hombro y enredó los dedos en su cabello.

Él rodeó su muñeca con la mano al tiempo que capturaba sus labios con la boca. Ansiosos, frenéticos, se pusieron de rodillas mientras se besaban.

Las manos de ambos tiraban de las prendas que los cubrían. Sam no recordaba haber deseado tanto a ningún otro hombre. Ni a ninguno que le hubiera provocado tanto placer al besarla. Brady Stone era capaz de hacerle olvidar que el mundo existía con uno de sus húmedos y ardientes besos.

Cuando él se apartó un momento, tras liberarla de la camiseta, ensanchó los ojos.

–No tienes ni idea de cuánto tiempo llevo deseándote.

–Me hago una idea aproximada.

Poco después, libres de ropa, se acoplaron en la cama como un solo ser. Piel contra piel. Labios contra labios. Pecho contra pecho.

Al sentir la sólida erección clavarse contra su cuerpo ardiente, Sam se volvió loca de deseo.

En vez de unirse a ella, Brady depositó una lluvia de besos sobre su rostro, hombros, pecho y abdomen. Instintivamente, Sam entreabrió las piernas al sentir que su boca se acercaba.

Él posó las manos en la parte interior de sus muslos, separándolos más, antes de probarla. Sam se arqueó, alzándose de la cama, agarró sus manos y emitió un profundo gemido. El frescor de su boca era el contrapunto perfecto a la llama que ardía en el centro de su placer.

Con besos pausados e intensos, la devoró mientras ella se estremecía contra él.

Justo cuando ella empezaba a pensar que no podría soportar ese asalto un segundo más sin gritar de placer, él se apartó.

–Tu sabor es pura dulzura, Sam –dijo.

–Hazme tuya –suplicó ella–. No me hagas esperar más.

Estiró la mano hacia el cajón de su mesilla y sacó un preservativo. Brady se lo quitó de la mano y tardó un suspiro en abrirlo y ponérselo.

Después se situó sobre ella y le abrió los muslos con la presión de sus fuertes piernas.

Ella elevó las rodillas, permitiéndole acceso total. Se agarró a sus hombros mientras la penetraba con una única embestida. La tensión inicial pronto dio paso al placer.

Brady se quedó quieto un instante, después empezó a mover las caderas. Inclinó la cabeza para capturar uno de sus pezones. La suave y húmeda succión de su boca, combinada con el ritmo duro y frenético de sus caderas volvió loca a Sam.

Incapaz de mantener los ojos abiertos un segundo más, clavó los dedos en su piel mientras él entraba y salía de su cuerpo. Una y otra vez.

Sam gritó. Le parecía ver estallidos de luz tras los párpados. Ardiendo de calor, rodeó su cintura con las piernas y alzó las caderas para sentirlo aún más dentro.

–Sí, sí.

Brady apagó sus gritos con la boca. Reprodujo con la lengua el ritmo de su sexo.

Los músculos internos de Sam se tensaron y dejó escapar un largo gemido.

Una vorágine de sensaciones cosquilleantes recorrió su cuerpo mientras se entregaba al orgasmo. Justo cuando creía que no podría aguantar más, Brady se dejó llevar por un ritmo salvaje y frenético. Por fin, su cuerpo se estremeció y aferró sus muslos con las manos. Sam lo abrazó mientras su cuerpo se tensaba buscando la descarga final.

–¿Estás bien? –pregunto él, cuando dejó de contraerse. Le acarició el estómago y los pechos con la palma de la mano.

–Pregúntamelo cuando recupere el aliento –respondió ella.

Brady soltó una risita y se levantó de la cama. Ello oyó, distante, el agua correr en el cuarto de baño.

Su cuerpo estaba más que cansado y satisfecho Ese hombre sabía dónde y cómo tocar a una mujer. No era un amante egoísta; si acaso, se había preocupado más de sus necesidades que de las de él. Se preguntó por qué había tardado tanto en acceder a su acoso.

No tardó en volver a reunirse con ella bajo las sábanas revueltas. Rodeó su cintura con los brazos.

Ella se acurrucó contra él, contenta de estar en brazos de Brady Stone. Habían hecho el amor y, en ese momento, estaba encantada con su vida.

Exceptuando el hecho de que su padre y hermano seguían intentando controlarla, Sam estaba bien. Y aunque le doliera que ellos dos la hubieran desechado, poco más o menos, sabía que a la larga le iría mejor si dejaba la empresa familiar para siempre.

No quería relacionarse con nadie que pretendiera decirle qué era lo que le convenía. Quería una relación igualitaria con los hombres de su vida. Hasta el momento, Brady le había demostrado que la consideraba su igual. Tal vez tendría que replantearse su oferta de trabajo. Pero en ese momento, los negocios eran lo último en lo que quería pensar.

No podía culparse por permitir que su falta de

control hubiera interferido con el trabajo. Últimamente, siempre que había necesitado a alguien, Brady había estado allí. Y tras compartir su cuerpo con él, estaba segura de haber tomado la decisión correcta al confiarle sus planes para reformar el complejo vacacional.

Si el hombre era la mitad de concienzudo en los negocios de lo que lo era en la cama, no le cabía duda de que no se había equivocado al elegir a Brady como el socio ideal para oponerse a los deseos de su padre.

Al final, era muy posible que su padre acabara agradeciéndoselo.

Sintiendo el cálido y suave aliento de Brady en la nuca, Sam se dejó envolver por el sueño. Se alegraba de haberse rendido por fin a sus deseos.

Capítulo Once

–A veces me pregunto qué habría ocurrido si mi madre no hubiera muerto.

La suave voz de Sam flotó en la habitación oscura. Apoyó la espalda en el pecho de Brady y él supo que la intimidad del momento iba a incrementarse. Su corazón se estaba ablandando con respecto a ella, por más que hubiera intentado evitarlo.

Seguía teniendo una agenda que cumplir. Sam no se interpondría, de ninguna manera, a su plan de absorción. Sin embargo, él ya era consciente de que no podría impedir que sus sentimientos por ella quedaran al margen. Lo había intentado. Diablos, si lo había intentado; pero Sam era una fuerza superior a él.

Se dijo que no podía pensar en eso. Tenía que ignorar el pinchazo de culpabilidad que lo aguijoneaba y seguir adelante con su plan para hundir a los Donovan.

La luna llena iluminaba el amplio dormitorio. Había una gran quietud. Ni teléfonos, ni correos electrónicos, ni reuniones. En ese momento nada existía excepto Sam.

–A veces me pregunto eso mismo con respecto a mi madre –confesó él. Nunca había hablado de su familia con una mujer. Y mucho menos estando en la cama.

–Es duro crecer sin madre, ¿no crees? –preguntó ella.

–Sí –tragó saliva para deshacer el nudo que le atenazaba la garganta.

–Me gusta pensar que estaría orgullosa de mí.

–No conocí a tu madre –Brady sonrió–, pero estoy seguro de que lo estaría.

–¿Cómo lo sabes?

Él deslizó un dedo por su costado, siguiendo las curvas de la cintura y la cadera.

–Porque veo a la mujer en la que te has convertido y no me cuesta nada creer que todo lo bueno que hay en ti procede de ella. No dudo que tu madre observa con una sonrisa en el rostro.

–Eso espero –Sam giró en sus brazos–. Disfruté de ella muy poco tiempo, pero la echo de menos cada día.

Al ver que se estaba abriendo, Brady decidió mantener la conversación centrada en ella, en vez de hablar de su propia pérdida y revivir esa pesadilla.

–¿Te importaría hablarme de ella?

–Era preciosa –los ojos de Sam se nublaron, pero sus labios se curvaron con una leve sonrisa–. Recuerdo su cabello largo y rubio. Me encantaba cepillarlo y deseaba que el mío llegara a ser igual algún día. Tenía una sonrisa cálida que iluminaba cualquier habitación. Y le importaba mucho la gente; siempre intentaba poner las necesidades de los demás por encima de las suyas.

–Me recuerda a alguien que conozco –dijo Brady, poniéndole un mechón de pelo tras la oreja.

–Hay gente que dice que soy casi idéntica a ella –los ojos azules destellaron–. Mi padre solía hablarme de lo guapa que era.

–Sigue hablando de tu madre –pidió él, para evitar que los recuerdos felices quedaran apagados por la imagen de su padre.

–Cuidaba de Miles y de mí mientras mi padre trabajaba –se rió–. Mi padre trabajaba todo el tiempo. Sólo lo veía cuando daba una fiesta para sus colegas, o en época de vacaciones. Mi madre procuraba que no nos faltara nada. Y lo conseguía, al menos en mi caso. Como Miles era mayor que yo, papá a veces lo llevaba al despacho con él. De vez en cuando, mi madre iba a la oficina a echar una mano con el papeleo, pero en general se quedaba en casa, conmigo.

Su mirada se perdió en el vacío, con añoranza.

–Hacíamos galletas, veíamos películas... A veces me llevaba de compras. Cuando me interesé por la danza, me apuntó a una academia de baile.

El silencio embargó la habitación. Brady no la presionó. Sabía que tenía que estar resultándole muy difícil hablar de ese tema: él había perdido a su madre a los once años, y a su padre hacía sólo seis meses.

–Un día que me llevaba a la academia, e íbamos con retraso, se pasó de velocidad –musitó Sam–. Hacía un día precioso. Brillaba el sol y yo estaba feliz porque cuando saliera de clase íbamos a comprar un perrito. Pensaba llamarlo Baxter. Pero no llegamos a comprarlo.

–No hace falta que me lo cuentes –Brady siguió acariciando su sedosa piel, con la esperanza de relajarla.

Ella dejó escapar una lágrima, que surcó su mejilla.

–Un coche apareció ante nosotras de repente –siguió, como si no lo hubiera oído–. Sólo recuerdo el grito de mi madre y el chirriar de metal contra metal. Yo estaba en el asiento trasero, pero aún veo la mirada de mi madre en el espejo retrovisor antes de que chocáramos con el otro vehículo.

A Brady se le encogió el corazón de dolor. Acarició su hombro al oír su sollozo entrecortado.

–No murió hasta que llegamos al hospital. Tenía una hemorragia interna –explicó Sam, tras sorberse la nariz–. Yo sólo sufrí heridas leves. Cortes, cardenales y una fractura de clavícula por la presión del cinturón de seguridad. Oí a los médicos comentar que había sido una suerte que viajara en el asiento de atrás.

–Pero tú no te sentías afortunada –no fue una pregunta. Brady sabía que tanto la niña de entonces como la mujer que yacía a su lado sentían la culpabilidad del superviviente.

–No –susurró ella–. ¿Por qué tuvo que dejarme? La necesitaba. La necesito ahora.

Justo cuando él la envolvía en su abrazo, ella rompió a llorar. Enterró la cabeza en su pecho, sollozando.

Él supo, sin duda alguna, que nadie la había abrazado y permitido que llorara expresando su dolor. Nadie había estado allí cuando era una niña y había necesitado apoyo. Stanley Donovan, menos que nadie.

Años de emociones contenidas sacudían el cuerpo de Sam. Brady, impotente, sintió que su ira hacia el padre y el hermano de Sam se acentuaba aún más. También sintió ira hacia sí mismo. No quería que Sam sufriera más, pero sabía que él mismo le provocaría dolor. En conciencia, no tenía ningún derecho a ofrecerle consuelo en ese momento.

Se preguntó si alguien había estado con ella cuando necesitaba ayuda. Si Stanley se había entregado al duelo por su esposa sin molestarse en hablar con Sam sobre la mujer que ambos habían perdido.

Brady era incapaz de imaginar qué habría hecho él si no hubiera contado con el apoyo de Cade. Y viceversa.

Pasaron minutos, tal vez horas, antes de que Sam alzara la cabeza de nuevo.

–Siento haber hecho eso –le dijo.

–¿El qué? ¿Llorar? –Brady le apartó el pelo húmedo del rostro–. Si quieres saber mi opinión, tendrías que haberte permitido una crisis emocional hace mucho tiempo.

–¿Te la permitiste tú cuando murió tu padre?

Brady se recordó lanzando un vaso de bourbon contra la pared de su dormitorio y maldiciendo a voz en grito contra todo lo que lo rodeaba.

–Sí que lo hice, pero cada persona se enfrenta a la muerte de una forma distinta. La verdad es que yo tenía a Cade y él me tenía a mí.

Ella apoyó la mejilla en su pecho y puso un brazo sobre su cintura.

–Supongo que sólo necesitaba hablar de ella. Lo lógico sería que estuviera acostumbrada a su falta.

–Era tu madre. Sospecho que nunca te acostumbrarás a estar sin ella. Yo sigo echando de menos a la mía.

–Cuanto más mayor me hago, más difícil me resulta. Quiero tomar las decisiones correctas en la vida, pero no tengo a nadie que me dé consejos o me escuche cuando necesito hablar.

–Me tienes a mí, Sam –Brady le besó la parte superior de la cabeza.

–¿Hasta cuándo?

Él no se molestó en contestar.

No podía hacerlo cuando ni siquiera él lo sabía. Lo que había empezado como una venganza se iba convirtiendo lentamente en algo mucho menos siniestro… al menos en cuanto a Sam se refería.

La atrajo contra su cuerpo y rezó para poder tomar la mejor decisión con respecto a ella. Cada vez era más obvio que iba a quedar atrapada en medio de la fea guerra que estaba librando. Sólo era cuestión de tiempo; antes o después se convertiría en una víctima inocente.

Brady se pasó la mano por el rostro y volvió a mirar la pantalla del ordenador. Tenía ante sí una página del periódico de San Francisco. El titular bailaba ante sus ojos. Se recostó en el sillón de cuero y marcó el número del despacho de su hermano.

–La noticia no ha tardado en llegar al periódico –dijo en cuanto su hermano contestó.

—Me resulta difícil creer que lo hayan anunciado tan pronto –Cade suspiró.

«El heredero Donovan asume el control» rezaba el titular.

Debajo se veía una foto de Miles con una sonrisa de suficiencia y orgullo.

Por supuesto, la noticia no era tal para Brady y Cade. Estaban al tanto del cambio de cargos y de la cercana jubilación del padre de Sam, gracias a las artes de su cotilla e inteligente secretaria, Abby.

Pero daba igual quién estuviera al frente del imperio Donovan, Brady lo aplastaría igualmente.

–Esto cambia la perspectiva del asunto de la propiedad de Kauai –comentó Cade.

–No veo por qué –replicó Brady–. Sabíamos que el anuncio llegaría antes o después. De hecho, es posible que ahora Sam me necesite más que nunca.

–¿Te había comentado ella el tema?

–No –Brady movió la cabeza–. La verdad, dudo que lo haya sabido hasta el último momento.

–Entonces, ¿no es como los hombres Donovan?

–Son polos opuestos –afirmó Brady.

–Te ha atrapado, ¿verdad? –Cade dejó escapar un silbido largo y lento.

–No –Brady cerró el ordenador portátil y se puso en pie–. Creo que voy a llamar al nuevo director ejecutivo para darle la enhorabuena.

–Ya me contarás cómo te va –Cade soltó una risotada.

Brady cortó la comunicación y marcó el número de la oficina de los Donovan, en San Francisco, que no estaba demasiado lejos de la suya. Mientras esperaba que la recepcionista transfiriera la llamada, apretaba el auricular con tanta fuerza que lo oyó crujir.

–Miles Donovan.

Brady fue hacia la puerta de cristal que daba al patio y se apoyó en ella. Le proporcionaba un gran placer estar en el complejo vacacional y que su enemigo, al otro lado de la línea, no tuviera ni idea.

–Miles, soy Brady Stone. Por lo que he oído, las felicitaciones están a la orden del día.

–¿Qué quieres?

–Sólo decirte que espero que dirijas la empresa mejor que tu padre, por tu propio bien.

–¿Eso es una amenaza? –exigió Miles.

–En absoluto –Brady inspiró la fresca brisa marina–. Pero te aviso que el que estés al mando no implica que vayas a poder conservar Lani Kaimana.

–Oh, claro que sí, Stone. No me sorprende que estés intentando recuperarlo, tras la muerte de tu padre, pero no pierdas el tiempo. Ahora estoy al mando y pienso conservar todo lo que es mío.

–Ya, pues buena suerte –Brady se frotó la barbilla–. Puede que estés al mando, pero yo tengo un as en la manga.

Siguió una leve pausa al otro lado del hilo telefónico y Brady se preguntó si Miles había oído su comentario. Esperó unos segundos más.

–¿Qué ocurre, Miles? ¿Te he preocupado?

–Ni lo sueñes. Estás tirándote un farol.

Brady se encogió de hombros. Miles no vería el gesto, pero sin duda lo percibiría en el tono de su voz.

–No digas que no te lo advertí.

Colgó el teléfono sintiéndose mucho mejor con respecto al negocio, pero con el estómago revuelto por haber utilizado a Sam en su jugada.

Si bien era cierto que había planeado utilizarla como aguijón desde el principio, ahora que lo había hecho sentía una horrible presión en el pecho.

Brady desvió la mirada de la bella arena blanca y las olas que se estrellaban contra ella, espumosas. No podía admitir, ni siquiera para sí mismo, que la noche que había pasado con Sam había sido demasiado intensa, demasiado emotiva para su corazón. De alguna manera, ella había conseguido traspasar la coraza de acero que había erigido para proteger sus sentimientos.

Pero ya no había solución. No tenía sentido dar marcha atrás, cuando el mal ya estaba hecho.

No le quedaba otra opción que seguir en pos de su objetivo.

Capítulo Doce

Sam sabía que su padre la culpaba por la muerte de Beverly Donovan. No tenía ni idea del impacto que habían tenido sus duras palabras en ella a lo largo de los años.

Una noche lo había oído hablando por teléfono, no sabía con quién. Había dicho que, si Bev no hubiera tenido tanta prisa para llevar a Sam a su clase de baile, no habría muerto.

Pero él no sabía que su madre había sido infeliz durante los dos últimos años de su matrimonio. Sam había descubierto el diario de su madre. Entre sus páginas, Bev comentaba una y otra vez cuánto deseaba que su marido fuera tan cariñoso como en otros tiempos, que no trabajara tanto y quc dcdicase más tiempo a Sam.

Sam nunca había percibido la tensión, si es que la había, entre sus padres. Tal vez su madre habría acabado por abandonar a su padre, tal vez no. Beverly Donovan era una mujer fuerte, increíble, y Sam deseaba ser como ella.

Lo relativo al aspecto no había requerido ningún esfuerzo, eran casi idénticas. Pero Sam también deseaba sentir el amor de su madre por la vida; quería esa vitalidad que la gente había percibido cuando su madre entraba en una habitación.

El sonido de su teléfono móvil interrumpió sus pensamientos.

No le apetecía hablar por teléfono. Quería ir a ver a Brady, que estaba de vuelta. Tras pasar dos semanas sin él, tenía ganas de gritar.

Él le había dicho que Cade iba a ausentarse de la oficina durante unos días y que, por tanto, él tenía que volver a San Francisco. Los negocios eran, sin duda, una parte muy importante de su vida. Sam tenía la esperanza de serlo ella también.

Terminó de ponerse el pendiente de oro en la oreja, agarró el teléfono de la mesilla y contestó.

–Hola.

–Sam.

–Miles –dijo, sin ningún entusiasmo.

–¿Has tenido algún huésped esta última semana que haya hecho preguntas sobre el complejo, a ti o al personal?

–A mí no, y el personal no me ha hecho ningún comentario –apoyó una mano en la cadera–. ¿Por qué?

–Estoy casi seguro de que nuestro mayor competidor aparecerá por allí para intentar obtener información y arrebatarnos el complejo.

–No permitiré que eso ocurra –dijo Sam, horrorizada.

–Tal vez no puedas impedirlo. Si te da la impresión de que algo va mal, llámame o llama a papá.

–Ya, bien. Puedo manejar esto, Miles. Te llamaré

si descubro que alguien está sonsacando información al personal, pero preferiría caminar sobre carbón al rojo vivo a llamar a papá y decirle que necesito ayuda.

–Samantha, sé razonable.

Ella controló un suspiro, no quería oír más.

–Tengo planes para cenar. Te dejo.

Colgó. La complacía que Miles la respetara lo bastante como para tenerla en cuenta, pero la horrorizaba la idea de que alguien pudiera quitarle ese bello lugar. Había llegado a considerarlo su hogar, su vida.

El golpecito en la puerta le hizo recordar que Brady estaba allí. Estaba deseando verlo y hacer el amor con él.

Echó un último vistazo a su imagen en el espejo. Aprobó con un gesto de cabeza el vestido blanco de escote palabra de honor y las sandalias de tiritas doradas.

Para cuando abrió la puerta, estaba tan nerviosa como una colegiala.

–Hola –lo saludó.

Él la devoró con los ojos, haciéndole desear que pudieran olvidarse del restaurante por completo.

–Estás deslumbrante –susurró, cruzando el umbral.

Apenas había cerrado la puerta cuando él le dio la vuelta y apretó la boca contra la suya, envolviéndola con sus brazos y consiguiendo que empezaran a temblarle las rodillas.

No podía negar que ese hombre era capaz de hacerle olvidar su propio nombre con el sólo roce de sus labios.

Antes de que pudiera agarrarse a su cuello, él liberó su boca, aunque no su cuerpo.

–¿A qué ha venido eso? –Sam parpadeó y enfocó los ojos en su rostro–. ¿Querías demostrar que seguimos siendo combustibles?

Los labios húmedos de él se curvaron con una sonrisa.

–Ha venido a que me has dado la impresión de necesitar algo que borrara de tu mente lo que quiera que sea que ha provocado esa mirada de tristeza.

Sam pasó las manos por la camisa de vestir color azul marino y las detuvo sobre sus pectorales.

–Tu táctica ha funcionado. Pero no hablemos de mis problemas personales. Ahora estás aquí y estoy deseando desnudarte otra vez.

–Siempre tienes ideas fantásticas –dijo él. La besó de nuevo.

Necesitando incrementar el contacto con su cuerpo, Sam llevó las manos a su espalda, le levantó la camisa y deslizó los dedos por la suave piel que cubría sus tonificados músculos. Él dejó escapar un gemido sordo que vibró en su pecho.

Sonriente, alzó la mirada. Brady tenía los ojos cerrados. Sam depositó una ristra de besos breves en su cuello, barbilla y mandíbula.

De repente, como si no pudiera soportarlo un segundo más, Brady la empujó contra la puerta y le alzó el vestido.

–Eres una descarada –gruñó, amenazador.

Ardiendo de deseo, ella le desabrochó la camisa y se la quitó de los hombros. No tardó en ocuparse del cinturón, el botón y la cremallera del pantalón.

Brady, con un tirón fuerte y fluido, le arrancó las braguitas. El sonido rasgó el aire. No pasó un segundo antes de que las manos de él buscaran el punto más íntimo de su cuerpo. Ella abrió las piernas, dándole el acceso que ambos necesitaban con desesperación.

Él pasó el dedo por encima del centro de su placer y lo introdujo en su interior. Ella gritó, arqueó las caderas y se aferró a los hombros desnudos.

–Más. Necesito más.

Brady sacó la mano, agarró su cintura y alzó su cuerpo, sujetándola contra la puerta.

–Rodéame con las piernas –dijo.

En cuanto Brady sintió que unía los tobillos tras su espalda, la penetró. Ella volvió a arquear las caderas, ansiosa por recibir cuanto pudiera darle.

Brady la apretaba contra sí, sin darle opción a moverse. Tenía el control absoluto y eso la encantó. Por primera vez en su vida, le gustaba ser controlada por un hombre.

Sintiendo el movimiento de sus caderas y su cálido aliento en la oreja, Sam supo que nunca se cansaría de ese hombre tan potente. La consumía por completo.

Demasiado pronto, su excitación se convirtió en una espiral ascendente e incontrolable. Intentó incrementar el ritmo, buscando el clímax, pero Brady siguió dominándola.

–Estás lista, ¿verdad? –ronroneó en su oreja.

Ella fue incapaz de contestar; se mordió el labio y gimoteó. Justo entonces, Brady empezó a moverse a un ritmo frenético y Sam supo que él también estaba muy cerca del éxtasis.

Giró la cabeza y capturó sus labios. Las lenguas replicaron los movimientos de los cuerpos mientras seguían ascendiendo en busca del clímax.

Se estremecieron juntos, con las bocas fundidas en una. Nada había sido nunca tan intenso, tan perfecto. Cuando dejaron de temblar, Brady la besó con suavidad y retrocedió lentamente hasta que ella volvió a posar los pies en la moqueta.

Cuando deslizó las manos por debajo del vestido y se lo quitó, Sam no protestó. No tenía energía suficiente. Nunca había sido poseída con tanta urgencia; parecía que él no habría soportado vivir un segundo más sin tocarla.

La idea de ser tan deseada hizo que su cuerpo volviera a vibrar en busca de más. Se preguntó qué había hecho para merecer tanta atención y afecto de un hombre tan excepcional.

–Tenemos que ducharnos de nuevo –murmuró él contra su oído.

–Pero tenemos reserva.

–La cambiaré –mordisqueó su barbilla.

–Estoy demasiado cansada –protestó ella, cuando la levantó en brazos y puso rumbo al cuarto de baño.

–Entonces, tendré que ocuparme yo de lavarte.

Cenaron en una romántica mesa situada en un rincón e iluminada por velas. A Brady le costaba concentrarse en nada que no fuera la belleza de los hombros de Sam, que el vestido blanco dejaba al desnudo. Se había recogido el cabello, dejando algunos mechones sueltos que caían sobre los hombros bronceados.

Tenía el aspecto de una mujer que había sido satisfactoria y plenamente amada.

Había visto cómo la miraban los hombres cuando entraron al restaurante. Pero no permitió que lo atenazaran los celos. Brady se alegraba de que la mirasen así. Era suya y se sentía orgulloso de ella.

Se preguntó cuándo había empezado a pensar en Samantha como suya. Si no ponía freno a sus sentimientos, acabaría enamorándose de ella.

–He estado pensando en seguir adelante con los planes para el spa –dijo Sam, obligándolo a concentrarse en la conversación.

–¿Qué?

–Creo que hay que continuar con los planes para montar el spa –apoyó los esbeltos brazos sobre la mesa–. Ya he hablado con el contratista. ¿Te importaría echar un vistazo a los planos que ha enviado?

–En absoluto.

–¿Estás bien? –preguntó ella.

Ni siquiera él sabía la respuesta. Forzó una sonrisa y asintió con la cabeza.

–Perfectamente. Pensaba en el trabajo. Mi hermano está haciéndose cargo de la oficina en mi ausencia.

–Tienes suerte de contar con él.

Brady no podía negarlo.

–Revisaremos los planos después de cenar. Poner en marcha una reforma tan importante empeorará aún más los problemas y diferencias entre tu padre y tú.

–Dado que ya no está al frente, no creo que tenga derecho a criticar –los ojos de Sam se nublaron–. Además, no tengo por qué informar a mi hermano de cada decisión que tome.

Él puso una mano sobre la suya.

–Tu padre te ha herido con el cambio de directiva, ¿verdad?

–Tendría que haber sabido que nunca me consideraría para un puesto de más importancia que el de directora de un hotel.

La forma en la que ella se hacía de menos y contaba con ser descalificada por los demás, hizo que a Brady se le encogiera el corazón. No sabía cómo iba a poder mejorar su situación al tiempo que se hacía con el control del complejo.

Era un imposible. Y eso implicaba que iba a tener que elegir.

Capítulo Trece

Sam sujetó la tira, miró las dos rayas rosas y no supo si quería vomitar o dar botes en el suelo. Sólo habían pasado dos semanas desde que se habían acostado. Y no habían utilizado preservativo. La comprensión la golpeó con fuerza.

Un bebé.

El bebé de Brady.

Se sentó al borde de la bañera e inspiró profunda y lentamente varias veces. Sin embargo, eso no la relajó.

Aparte de un día de retraso en el periodo, que solía ser regular como un reloj, no tenía síntomas.

Puso una mano temblorosa sobre el vientre, liso como una tabla. Los síntomas no tardarían en aparecer.

Se preguntó qué pensaría Brady. Ni siquiera se habían dicho las dos palabras esenciales que deberían decirse antes de plantearse siquiera hacer un bebé.

Ella lo quería. No se habría involucrado tanto en la relación si no fuera así. No le habría hablado de su madre ni de sus preocupaciones como mujer de negocios si no estuviera enamorada de él.

Cuando sintió la quemazón de las lágrimas en los ojos, Sam se puso en pie, dejó la tira en el lavabo y fue a vestirse para ir a trabajar.

Había ido a comprar la prueba de embarazo muy temprano, rezando para que nadie la reconociera en la farmacia. Lo que menos necesitaba era que la noticia llegara a su padre, su hermano o, peor aún, a Brady, antes de que pudiera decírselo ella en persona.

No sabía cómo iba a poder dar una noticia tan importante que cambiaría su vida por completo.

Tenía la esperanza de que Brady se alegrara, pero lo entendería si le decía que no quería una familia. Al fin y al cabo, era un hombre de negocios con una agenda caótica y ajetreada. No sabía si una esposa y un bebé tenían cabida en su vida.

Mientras agarraba su bolso de Kate Spade, se dijo que ni siquiera estaba claro que fuera a querer hacerla su esposa. A decir verdad, no quería que Brady se casara con ella por obligación. Los matrimonios que empezaban así, solían acabar en desastre.

Aún estaban empezando a conocerse. De hecho, no habían hablado de cuánto había progresado su relación hasta ese momento.

Ni siquiera sabía si Brady lo consideraba una relación de pareja. Tal vez sólo estuviera con ella como entretenimiento durante su estancia en la isla.

Entró al ascensor y, como estaba sola, se puso una mano en el vientre y sonrió.

–Ya te quiero –susurró.

Si Brady se tomaba bien la noticia y le hacía ilusión, Samantha tendría que tomar decisiones trascendentales para su vida.

Probablemente, trabajar para Miles no sería conveniente a largo plazo.

Y aunque odiaría renunciar a Lani Kaimana, sabía que crearse una vida que diera cabida al bebé y a Brady era más importante.

No tenía sentido pensar que podía trabajar catorce horas al día y ocuparse de un bebé.

Cruzó el vestíbulo con un torbellino de ideas y posibilidades asaltando su mente.

Los empleados la saludaban con la cabeza, sonrientes, y Sam se preguntó si lo sabían, si habían adivinado que iba a ser madre. Tal vez lo intuyeran por la sonrisita que estaba segura que lucía su rostro.

Necesitaba hablar con Brady lo antes posible. Estaba deseando darle la noticia a alguien. Pero también se trataba de un momento en su vida que siempre había temido. Se preguntaba si podría ocuparse de un bebé sin la ayuda de su madre. No tendría a nadie que le diera consejos maternales.

Se le hizo un nudo en la garganta al pensar que tendría que vivir el embarazo sin contar con la que había sido su mejor amiga.

Estaba sufriendo el asalto de una vorágine emocional. Sin duda, estar embarazada alteraba las hormonas. No hacía ni cinco segundos que había estado sonriendo.

Caminó pasillo abajo para comprobar los progresos realizados en el spa. El contratista había iniciado las obras la semana anterior y Sam ya había oído a varios huéspedes comentar que estaban deseando volver para probarlo.

–Ahí estás.

Sam giró al oír la voz masculina y la sorprendió ver a su hermano.

–Miles –lo saludó, apretando el bolso de mano con fuerza–. ¿Qué haces aquí?

–He venido a ver cómo van las cosas –replicó Miles.

Sam juntó las manos, en vez de cerrarlas en puño como habría preferido hacer.

–Quieres decir que has venido a vigilarme.

–Sólo me preocupo por mi propiedad, Samantha.

–Espero que no consideres esto como propiedad tuya –arqueó una ceja–. Si no recuerdo mal, soy yo quien ha estado aquí matándose a trabajar desde que la adquirimos, mientras tú te preparabas para ocupar el sillón de papá.

–No discutamos por nimiedades –sugirió Miles–. ¿Podemos hablar en tu despacho?

Sam titubeó un segundo y después se puso en marcha, mostrándole el camino. Cuanto antes descubriera qué quería y se librara de él, antes podría buscar a Brady y ver qué le deparaba el futuro.

Con el fin de llevar la voz cantante el mayor tiempo posible, Sam se situó tras su ordenado escritorio y dejó el bolso en el suelo. No ocupó su sillón hasta que la puerta no estuvo cerrada y Miles sentado frente a ella.

–Dime –dijo, recostándose en el sillón de cuero–. ¿A qué se debe esta visita sorpresa?

Miles se inclinó hacia delante.

–Como te dije por teléfono, tengo razones para creer que uno de nuestros principales competidores está aquí o a punto de llegar.

–Sí –accedió Sam, intentando ocultar su irritación–. Y, como yo te dije, puedo ocuparme del asunto y te llamaré si me parece que ocurre algo extraño.

–También quería aprovechar la oportunidad para echar un vistazo a todo el complejo –siguió Miles, como si ella no hubiera hablado–. Me quedé asombrado al enterarme de que habías puesto en marcha algunas reformas muy costosas. En nuestro presupuesto no hay fondos asignados a la creación de un spa.

«Inspira lenta y profundamente, varias veces», se ordenó ella.

–Será una inversión muy rentable. Confía en mí. Y si hubiera algún problema que no fuera capaz de solucionar, como la intromisión de un competidor, te habría llamado.

Miles la miró durante lo que pareció una eternidad. Luego asintió.

–Deja que vaya a ver cómo va la zona de spa –sugirió.

–Muy bien –se puso en pie–. Pero tendrá que ser una visita rápida. Estoy muy ocupada.

Parte de su tensión se diluyó cuando llegaron al vestíbulo y vio a Brady salir del ascensor. Llevaba pantalones cortos y un polo verde; tenía un aspecto de lo más sexy.

–Discúlpame un momento –le dijo a su hermano.

Sonriente y con paso rápido, Sam fue hacia él.

–Hola, ¿vas a salir?

–Iba a dar un paseo por la playa –Brady acortó la distancia que los separaba–. ¿Te apetece acompañarme?

–No sabes cuánto me gustaría, pero antes tengo que ocuparme de otra cosa –se puso de puntillas y le dio un beso en la mejilla–. Iré a buscarte dentro de un rato.

–¿Qué diablos ocurre aquí?

Samantha dio un bote al oír el tono airado de la voz de Miles y giró hacia él.

–¿Disculpa? –le dijo.

–Miles –saludó Brady.

–¿Conoces a mi hermano? –Sam volvió la cabeza hacia él.

–Claro que me conoce –confirmó Miles–. Seguramente también te conocía a ti, antes de venir aquí.

A Samantha se le aceleró el puso. Por la tensión que percibía, el tono de voz de ambos hombres y las miradas asesinas que se lanzaban, tenía la sensación de que las cosas iban a ponerse muy feas.

–Vayamos todos a mi despacho –sugirió, con voz queda.

–Me gustaría hablar contigo a solas –dijo Brady.

–De eso estoy seguro, Stone –Miles se rió–. Deja que adivine: ¿has estado trabajándote a mi hermana en el aspecto romántico para sacarle secretos de la empresa?

–¿Qué? –el corazón de Sam casi se paró.

Brady la agarró del brazo y la volvió hacia él.

–Sam, por favor, deja que hable contigo en privado.

La mirada suplicante de sus ojos le hizo desear ir con él, escucharlo y enterarse de qué estaba ocurriendo exactamente. Pero la parte lógica de su mente sabía que lo que iba a decirle podía destruirlos a ambos.

Y estaba el bebé.

No podía alterarse. Tenía que mantener la calma. El bebé dependía de ella, no estaba sola.

–No lo escuches –dijo Miles–. Es un mentiroso.

Sam volvió a darse la vuelta.

–No tienes ningún derecho a hablarme de mentirosos. Papá y tú me habéis ocultado cosas desde que empecé a trabajar aquí; si quiero hablar con Brady, lo haré.

–¿Sabes quién es en realidad? –preguntó Miles–. Su padre era el propietario de este complejo –Miles hizo una pausa al ver que se abría la puerta del ascensor y salía una pareja–. Vamos a alejarnos de oídos indiscretos –sugirió.

Sam siguió a los hombres al pasillo con piernas temblorosas. Estaban en el pasillo vacío que conducía a la sala de conferencias que había querido convertir en guardería. De repente, supo que ya sólo le importaba conocer la verdad.

–¿Te ha dicho Brady que pretende robarnos esta propiedad? –continuó Miles.

–No voy a robar nada –afirmó Brady con voz fría y plana–. Sólo voy a recuperar lo que mi padre utilizó como cimiento de su corporación y que tu padre robó aprovechando un momento de debilidad.

A Sam le daba vueltas la cabeza. Alzó las manos.

–Espera. ¿La familia de Brady era la propietaria del complejo cuando lo compramos?

–Cuando lo robasteis –corrigió Brady.

–¿Por qué dices que lo robamos? –cuestionó ella.

–Pregúntaselo a tu padre y a tu hermano –Brady se puso las manos en las caderas.

Ella sintió que se mareaba. Apoyó la espalda en la pared y rezó para no desmayarse.

–Dime una cosa nada más –le exigió–. ¿Sabías quién era antes de venir aquí?

–Tú eres el as que se guardaba en la manga. ¿Verdad, Brady? –dijo Miles–. Supongo que, cuando me llamaste el otro día para decírmelo, te referías a mi hermana.

Ella pensó que no podía estar ocurriéndole eso. Tenía que ser otra cruel jugarreta del destino. Se preguntó cómo podía haber estado tan ciega y necesitada de afecto como para olvidar por completo el sentido común.

Samantha quería dejar atrás ese caos. Quería volver a esa mañana, cuando había descubierto que Brady y ella podían tener un futuro juntos. Quería que la pesadilla que estaba viviendo no fuera más que eso: una pesadilla. Pero sabía que no iba a despertarse de repente. Tenía que enfrentarse a la realidad.

–¿Llamaste a mi hermano?

«¿Antes o después de que hiciéramos el amor?», deseó añadir. Pero en realidad no habían hecho el amor, por fin lo comprendía.

Todo lo que había creído que compartían estaba emponzoñado de mentiras.

–Lo tenías todo planeado desde el principio, ¿verdad? –susurró. Las lágrimas le oprimían la garganta y le costaba hablar.

–Vine aquí a enfrentarme a Sam Donovan, pensando que se trataba de un hombre –Brady sostuvo su mirada–. Luego admito que sí, en cierto sentido.

–Debió de parecerte muy conveniente que resultara ser una mujer –a Sam se le revolvió el estómago y la bilis le quemó la garganta–. Y entonces decidiste utilizarme.

Brady, dado que había hecho una acusación, en vez de una pregunta, no se molestó en contestar.

–¿Podemos hablar? –le susurró, escrutando su rostro con ojos oscuros como el carbón.

–Creo que ya he oído lo suficiente –Samantha se apartó de la pared e hizo un esfuerzo por controlar las náuseas–. Me voy a mi habitación. Quiero que los dos salgáis de mi hotel antes de que acabe el día. Miles, hablaré contigo después respecto a mi estatus futuro en la empresa.

–¿Qué significa eso? –inquirió su hermano.

–Significa que no estoy segura de querer seguir trabajando para ti.

Se alejó de los hombres lentamente. No podía seguir trabajando para Miles cuando iba a tener al bebé del enemigo. Ni Miles ni su padre podrían entenderlo.

La excitación que había sentido antes se había desvanecido por completo; sin embargo, era innegable que una parte de ella seguía enamorada de Brady. O, al menos, del Brady que había creído conocer.

Le costaba creer que un hombre tan amable y cariñoso pudiera ser tan retorcido y vengativo.

Samantha llegó a la suite con el tiempo justo para correr al cuarto de baño, arrodillarse ante el inodoro y vomitar.

Capítulo Catorce

Cuando llegó el lunes, Brady estaba más que dispuesto para batallar con Miles por Lani Kaimana. Por suerte, Cade iba a asistir a la reunión que había concertado con sus abogados para la compra de otra propiedad. Él habría sido incapaz de hablar de negocios ese día.

Brady aún no se había repuesto del dolor que había visto en los ojos de Sam, provocado por la inoportuna llegada de Miles. Admitió para sí que no habría existido un buen momento para darle a conocer la verdad.

No podía echarle toda la culpa a Miles. Había sido Brady quien se había propuesto seducir a Sam con el fin de ganarse su confianza y obtener información para utilizarla contra el imperio corporativo de los Donovan.

Por desgracia, no se había dado cuenta de que ella había empezado a importarle de verdad.

Tras lo ocurrido, su necesitad de quitarles a Stanley y a Miles todo aquello que les importaba, era más fuerte que nunca. Se haría dueño de cuanto tenían.

Al fin y al cabo, ellos le habían quitado parte del legado de su padre y también a Samantha.

Se preguntó si Sam entendería su forma de pensar. Ella, mejor que nadie, sabía la clase de hombres que eran su padre y su hermano. También conocía el dolor que provocaba la pérdida de un progenitor y que la reacción natural era querer culpar a alguien.

Ella misma se había culpado por la muerte de su madre. Sin duda, cuando se tranquilizara y pudiera pensar de forma racional, entendería el punto de vista de Brady.

Hizo una mueca. No sabía si estaba practicando ese discurso para convencerla a ella o para intentar convencerse a sí mismo.

Sentado en su despacho, en San Francisco, Brady intentaba ponerse al día con el trabajo. Sin embargo, saber que Cade estaba en la reunión con los abogados en ese momento lo incitaba a desear reconstruir la empresa de su padre sin mayor demora.

Miró el reloj digital que había en la esquina inferior de la pantalla de su ordenador. Sólo habían transcurrido diez minutos desde el inicio de la reunión, y eso si habían empezado a tiempo.

No sabía a quién pretendía engañar. Ni siquiera podía concentrarse en la nueva propiedad que pretendían adquirir. Sólo pensaba en Sam, en los tristes recuerdos de infancia que le había confiado y en que ella deseaba Lani Kaimana tanto como él y como su hermano, pero por razones muy distintas.

Pensaba en cómo había hecho el amor con él, entregándose plenamente en los momentos de intimidad. En cómo le había confesado el dolor que había sentido al perder a su madre y tener que crecer sin ella.

Pero, por encima de todo, no podía dejar de pensar en la mirada dolida de sus ojos cuando había descubierto la verdad.

Tenía que encontrar una manera de arreglar las cosas, de conseguir que ella obtuviera cuanto deseaba. Por alto que fuera el precio, se aseguraría de que Samantha siguiera al frente del complejo vacacional. Él ya no lo quería.

Darse cuenta de eso lo dejó helado.

Eso confirmaba su amor. Hacía muy poco tiempo que era consciente de estar enamorado, pero no había estado seguro de si era un sentimiento real. Ya no le quedaba duda. Tendría que haberse dado cuenta mucho antes.

Si bien era cierto que había iniciado la *vendetta* por venganza y aún quería que los Donovan pagaran por sus pecados, en algún momento su deseo de recuperar el complejo se había transformado en el de hacer feliz a Sam. Hacer que, por una vez en su vida, se sintiera plenamente feliz.

Brady sabía que lo que estaba a punto de hacer posiblemente marcara un hito como la peor decisión empresarial de su carrera. De hecho, no se limitaba a asuntos de negocios, tal vez acabara siendo la peor decisión de su vida, sin más matices.

Estaba harto de pasarse las horas sentado dándole vueltas a la cabeza, de estar solo y de preocuparse por ella. Así que salió del despacho, montó en su coche y decidió actuar.

Veinte minutos después se detenía ante el edificio de oficinas de los Donovan y apagaba el motor. Si Sam supiera lo que iba a hacer, se enfurecería aún más con él, si eso era posible. Pero Sam no lo sabía y, tal y como él lo veía, no tenía por qué enterarse.

Más que dispuesto a enfrentarse con un Donovan, o con los que se le pusieran por delante, Brady bajó del coche y se enfrentó al tórrido calor veraniego. Segundos después, agradecía el frescor del aire acondicionado del edificio. No le hacía ninguna gracia adentrarse en la guarida del león, pero a esas alturas estaba dispuesto a enfrentarse con el diablo en persona si con eso conseguía evitarle a Sam más dolor.

–¿Puedo ayudarlo? –la recepcionista de edad avanzada le sonrió amablemente. Era obvio que no conocía su identidad.

Brady le devolvió la sonrisa y avanzó un paso.

–Querría ver a Miles Donovan, por favor. Me temo que no tengo cita, pero se trata de un asunto urgente.

La mujer removió los papeles que había sobre el escritorio y consultó lo que Brady supuso era la agenda de Miles.

–Está libre durante veinte minutos. Preguntaré si puede recibir una visita. ¿Su nombre, por favor?

–Brady Stone.

Tuvo que admirar el temple de la mujer. Tras un titubeo casi imperceptible, levantó el teléfono y marcó la extensión de su jefe sin dejar de sonreír.

Brady miró la zona de recepción y espera, decorada en negro y cromo. No había nada cálido o acogedor, nada que diera la bienvenida a los clientes, excepto la recepcionista.

Sólo sillas de cuero negro, mesas de cromo y cristal con algunas revistas de negocios. No había plantas, ni cuadros en las paredes blancas, ni siquiera una alfombra sobre el suelo de madera.

–Lo recibirá ahora, señor Stone.

Brady volvió a mirarla y sonrió.

–Gracias.

–Su despacho es el último del pasillo, a la derecha –indicó ella, señalando con la mano.

Aunque la puerta estaba cerrada, Brady no se molestó en llamar. Era una grosería, sí, pero sabiendo quién estaba al otro lado de la puerta, le dio igual.

–Debe de haberse helado el infierno, si te has atrevido a venir hasta mi despacho –Miles se puso en pie y le hizo un gesto a Brady para que se sentara ante el enorme escritorio de roble–. Eso o has venido de parte de mi hermana.

Brady no aceptó la silla que le ofrecía. Prefería seguir de pie. Ponerse cómodo allí no tenía ningún sentido.

–Quiero proponer una tregua –dijo–. Samantha no tiene por qué sufrir las consecuencias de este feudo.

Miles echó la chaqueta hacia atrás y apoyó las manos en las caderas.

–No tienes vergüenza, Stone. Intentaste seducir a mi hermana, cuando ella no tenía ni idea de quién eras, para obtener información sobre esta empresa. ¿Ahora te preocupa su bienestar?

Brady tragó saliva para liberarse de la sensación de culpabilidad que lo atenazaba.

–He venido para asegurarme de que ella no sufra más daño.

–No tengo intención de hacerle daño. Y te sugiero que sigas con tu vida. El complejo vacacional y mi hermana ya no son asunto tuyo.

–Muy al contrario –dijo Brady–. Sam y Lani Kaimana me interesan mucho.

–No puedes hablar en serio sobre Sam –Miles soltó una risita–. La utilizaste para intentar recuperar Lani Kaimana.

Brady sintió un burbujeó de ira aflorar, pero lo controló por el bien de Sam.

–Bueno, pues ahora no estoy utilizándola para nada. Tal vez te cueste creerlo, pero ella me importa.

–¿Te importa? –Miles tensó la mandíbula–. Dudo que te importe. Pero estoy seguro de que te importan nuestras propiedades, así que tal vez hayas decidido seguir encandilándola. Incluso podrías rebajarte a suplicar para conseguir que vuelva a ti. Todo vale cuando se trata de negocios, ¿no, Stone?

–Me da igual lo que pienses –Brady apretó los puños–. Sólo me preocupa Sam.

Salió del despacho sin decir una palabra más.

La reunión no había ido demasiado bien, pero tampoco había esperado otra cosa. Los hombres Donovan no tenían fama de llevarse bien con la gente. Quizá por eso estuvieran fracasando en sus tratos de negocios últimamente.

Aun así, él estaba dispuesto a hacer un esfuerzo por Sam.

Brady telefoneó a Abby y le dijo que pasaría el resto del día fuera de la oficina. También le dejó un mensaje de voz a Cade, para que lo llamara cuando acabase la reunión con los abogados.

Necesitaba despejarse la cabeza. No podía trabajar cuando el enfado y la ira dominaban su mente. Además, tenía que regresar a Kauai, obligar a Sam a escuchar su punto de vista y suplicarle que lo perdonara. Quizá ella no lo perdonara nunca, pero tenía que asegurarse de que entendiera el porqué de sus acciones.

Brady apoyó la cabeza en el asiento. No podía decir en qué momento exacto se había enamorado de Sam. Pero estaba enamorado de pies a cabeza, no le cabía duda de ello. Nunca se había sentido así por ninguna otra mujer. Nunca había deseado proteger, proveer y ser compañero de por vida.

«De por vida». Se le aceleró el corazón, con una mezcla de anhelo, emoción y miedo.

No sabía cómo podría seguir adelante si ella optaba por no perdonarlo. Sería incapaz de volver a amar tanto como amaba a Samantha.

Nunca había rechazado una batalla y no pensaba empezar en ese momento. Sobre todo, porque esa vez importaba de verdad.

Brady bajó de su Lincoln y subió los escalones que conducían a su casa suburbana. Quería darse la oportunidad de mantener una relación. Empezar de cero, con fuerza, y crecer a partir de ese punto. Quería darle a Sam la vida que nunca había tenido y que se merecía tener: una vida llena de amor y felicidad.

Con la cabeza llena de planes, Brady abrió la puerta de su casa y empezó a preparar su discurso.

Capítulo Quince

Cada vez que Sam entraba en la casa de su infancia, la envolvía una sensación de soledad, angustia y tristeza. No sabía cómo había conseguido mantener la cordura durante los años que había vivido allí.

Los suelos de mármol brillaban y las lámparas de araña lanzaban destellos de colores y formas por doquier. Como era habitual, no había nada fuera de lugar. Ni zapatos junto a la puerta ni llaves tiradas en la consola de la entrada. Ni rastro de vida.

La casa estaba igual que cuando su madre había fallecido.

Sam se frotó los brazos para controlar los escalofríos. Tendría que haber llamado antes de ir, pero no quería discutir con su padre más de lo estrictamente necesario.

Stanley Donovan estaba en el primer sitio en el que Sam buscó… en la misma habitación en la que lo había visto casi siempre durante la mayor parte de su vida. En su despacho.

Se detuvo en el umbral y miró al hombre que era su padre pero que, en gran medida, siempre le había parecido un desconocido.

Seguía utilizando el mismo viejo escritorio de roble. Estanterías de suelo a techo, cargadas de libros, llenaban las paredes.

Sin duda, estaba en su elemento.

Pero no vio al hombre robusto y dominante que recordaba; Stanley había envejecido. Su cabello había pasado del entrecano al blanco y empezaba a clarear en las sienes. Las manos que sujetaban una carpeta, probablemente un informe relativo a sus acciones, estaban arrugadas.

Se rascó la cabeza y Sam no pudo evitar sentir cierta lástima por él. Había dedicado toda su vida a hacer dinero y cerrar tratos de negocios, pero se había perdido lo más importante. La relación con su familia.

Samantha se puso la mano en el vientre y entró en la habitación.

–Papá.

Stanley alzó la cabeza y dejó la carpeta sobre el ordenado escritorio.

–Samantha. ¿Qué te trae por aquí?

–Tenemos que hablar –Samantha entró–. De hecho, yo necesito hablar y espero que me escuches.

–Parece importante –cruzó las manos sobre el amplio estómago y se recostó en el sillón–. ¿Se trata de algún asunto de negocios?

Ella se rió y se sentó frente a él.

–Para ti, todo empieza y acaba en eso, ¿verdad? Supongo que, en cierto sentido, lo que tengo que decirte sí tiene que ver con los negocios.

–Miles me dijo que le habías entregado tu dimisión.

–Sí, pero no he venido a hablar de eso –Sam intentó librarse de los nervios que la atenazaba y se centró en su misión–. Quiero saber por qué siempre has tratado a Miles de forma diferente a como me tratas a mí.

–No sé de qué estás hablando –dijo él–. Y me cuesta creer que te atrevas a hacer una pregunta tan infantil como ésa.

–¿Infantil? Sabes perfectamente que nos tratas de mancra distinta. Siempre lo has hecho. Desde la muerte de mamá, te comportas como si fuera una vagabunda recogida de la calle que no es más que una carga para ti.

Stanley suspiró.

–Si os he tratado de forma distinta, ha sido sólo porque intentaba hacer lo que tu madre habría deseado.

–¿Qué? –Sam lo miró, confusa.

–Beverly nunca quiso que te incorporaras a la empresa familiar. No quería que los negocios te absorbieran como siempre me han absorbido a mí. Sabía que Miles quería involucrarse, así que no dijo demasiado con respecto a él. Pero tú... –Stanley movió la cabeza–. Tú eras especial. Cuando llegaste a nuestra vida eras igual que un ángel. Con el cabello rubio y esos enormes ojos azules. Eras la viva imagen de tu madre y yo no habría podido quererte más.

La muralla de acero que Sam había levantado como defensa antes de llegar allí, se derrumbó.

–Pero ¿por qué fuiste tan cruel conmigo cuando ella falleció? ¿Por qué siempre me alejabas de tu lado una y otra vez? Incluso ahora, sé que te cuesta mirarme.

Él bajó la vista y se secó los ojos con los dedos.

–Aún me duele. Mirarte –dijo con voz suave–. La veo a ella. Sé que es una excusa muy pobre, pero es la verdad.

Sin saber bien cómo responder, Sam hizo lo primero que se le ocurrió. Se puso en pie y fue hacia su padre. Rodeó sus hombros con los brazos y depositó un beso en la parte superior de su cabeza.

–Lo siento –susurró–. Siento que hayas sufrido durante tanto tiempo y haber sido la culpable de tu dolor.

–No, Sam, tú no tuviste culpa ninguna –puso la mano en su brazo–. Yo sí. Quería buscar culpables en todos sitios menos en donde correspondía. Si hubiera sido mejor marido, si me hubiera involucrado más en la vida de mi familia, tal vez tu madre no habría tenido prisa ese día. Sé que debería haber estado a tu lado, pero no podía hacerlo. Ver tu rostro cada día incrementaba el tormento de saber que a ella no volvería a verla nunca. Entregué mi vida al trabajo con la esperanza de que eso me ayudara a huir de mi dolor.

–Yo también veo su rostro cada vez que me miro al espejo –Sam lo abrazó con más fuerza.

–Siento que hayas pensado que te rechazaba. La verdad es que estoy muy orgulloso de ti. Me enorgullece que seas la mujer que eres, y estoy seguro de que tu madre pensaría como yo.

Una lágrima se deslizó por la mejilla de Sam, que tenía el corazón henchido. Ése era el padre que llevaba años esperando tener. Estaba viviendo, por fin, el momento que había anhelado con desesperación.

–Sé que te he herido a veces con mis palabras –siguió él–. Si pudiera retirarlas, lo haría. Has conseguido mucho en muy poco tiempo. No sólo tienes éxito en los negocios, además te concedes tiempo para disfrutar de la vida. Me alegra que no hayas seguido mis pasos. Sin embargo, temo que Miles sí lo haya hecho.

–Es testarudo, pero muy buen hombre –Sam dio un paso atrás–. Lo educaste bien.

Sam la miró con ojos húmedos y enrojecidos.

–Puede, pero necesito hacerle saber que matarse a trabajar no lo hará feliz. Quiero que él también disfrute de la vida.

–Habla con él –sugirió Sam, dándole un apretón–. Seguramente está deseando hablar contigo de tú a tú, sin tratar de negocios, igual que me pasaba a mí.

–Lo haré. ¿Crees que podríamos volver a empezar?

Sam sonrió, con lágrimas en los ojos.

–Sí, eso me gustaría –se puso una mano sobre el vientre.

No podía darle la noticia a su padre aún. Nadie sabía lo del bebé, aunque ya estaba embarazada de diez semanas. Algunos empleados habían notado que a veces se sentía mal, pero siempre les había dado una excusa convincente.

Sam no se quedó mucho tiempo en casa de su padre, pero prometió visitarlo más a menudo. Cuando salió de allí ya no cargaba con el peso de su tensa relación. Por fin sabía la verdad. Su padre llevaba años de duelo y no la había odiado en absoluto; sencillamente, no sabía cómo enfrentarse a sus sentimientos.

Mientras conducía hacia el aeropuerto, Sam supo que su siguiente paso sería ponerse en contacto con Brady para decirle lo del bebé. Aunque fuera un bastardo mentiroso y sin corazón, iba a ser padre y Samantha no podía ocultarle esa información.

Al fin y al cabo, ella había sufrido la ausencia de sus progenitores y sabía lo que era. No podía negarle a su bebé que conociera a su padre.

Brady paseaba por la suite de Samantha en Lani Kaimana. Una de las camareras que lo había visto con ella lo bastante a menudo para suponer que mantenían una relación, le había abierto la puerta. Por suerte para él, la camarera no tenía ni idea de que Samantha debía de odiarlo con todas sus fuerzas en ese momento.

Se preguntó dónde diablos estaba ella.

Le habían dicho que se había marchado el día anterior para ocuparse de un asunto personal, pero que sólo iba a pasar una noche fuera. También se había enterado de que había dimitido y sólo seguiría dirigiendo el complejo unos días más. Así que había decidido esperarla para enterarse de qué diablos estaba haciendo y por qué había renunciado a algo que amaba con locura.

Brady se quitó la chaqueta y la echó sobre el respaldo del sofá. Se arremangó y desabrochó el botón del cuello de la camisa. Pensando que más le valía ponerse cómodo, se sentó.

Le llamó la atención una carpeta rotulada con el nombre de un médico de la localidad que había sobre la mesita de café.

Curioso, abrió la carpeta y algo cayó sobre su regazo.

Una foto. Y no una foto cualquiera. Una imagen realizada por ultrasonido.

Como no sabía qué era lo que estaba mirando, echó un vistazo a los documentos que había en la carpeta.

Atónito, se dijo que no podía ser.

Samantha estaba embarazada de diez semanas. ¿Embarazada?

Rápidamente, echó cuentas. Eso significaba que esperaba un hijo de él la última vez que se habían visto.

Brady dejó la carpeta en la mesa y se puso en pie, aferrando la imagen del bebé nonato.

Se preguntó cuándo pensaba decírselo ella. Estaba claro que no podía seguir manteniendo un trabajo tan caótico y ajetreado estando embarazada. Sin duda, ésa era la razón de que hubiera dimitido.

¿Lo sabía Miles? ¿Lo sabía alguien?

La idea de que Samantha se hubiera guardado el secreto, que estuviera pasando por eso sola, lo enfureció.

En algún momento, tendría que dejar de lado su orgullo y pedir ayuda. Y, maldita fuera, él sería quien se la prestara.

Oyó el zumbido de una tarjeta en la cerradura y se dio la vuelta. Sam entró.

–¡Brady! –exclamó, sobresaltada–. ¿Qué haces aquí?

Durante un momento, él no fue capaz de hacer otra cosa que mirarla. No sabía que había esperado. ¿Un vientre abultado? No, eso llegaría más tarde. Pero, desde luego, estaba bellísima. Su piel tenía saludable color tostado, que indicaba que había hecho uso de la playa.

Estaba muy sexy con un sencillo vestido veraniego, color blanco, que le llegaba a las rodillas. El cabello suelto, como a él le gustaba, caía sobre sus hombros y le daba un aspecto inocente.

Eso era lo que más le dolía de todo. Ella había sido inocente con respecto a todo lo ocurrido.

–Estás muy guapa –dijo, cuando consiguió deshacer el nudo que le atenazaba la garganta.

–Tienes dos minutos para decir lo que hayas venido a decir. Tengo que reunirme con mi padre en San Francisco –dejó el bolso de viaje en el suelo y cruzó los brazos–. Adelante.

–¿Podemos sentarnos y hablar?

–No.

–Bien –Brady alzó la fotografía–. ¿Cuándo pensabas contarme esto?

Samantha ni siquiera parpadeó antes de contestar.

–El día que descubrí que el padre de mi bebé era un manipulador vengativo. Es curioso, al final no llegué a darle la noticia.

Apartó el bolso de viaje de un puntapié y dejó que la puerta se cerrara a su espalda. Cruzó la sala sin mirarlo y fue al dormitorio.

–Brady le siguió.

–¿Pensabas decírmelo en algún momento? –preguntó.

Samantha abrió los cajones y empezó a sacar prendas y apilarlas sobre la cama.

–Sí.

–¿Estás segura?

Ella se detuvo, con un manojo de sujetadores de seda colgando de la mano.

–No soy mentirosa. Y no le negaría a un hijo mío el derecho de conocer a su padre.

Él pensó que eso, al menos, era algo.

–He venido porque tienes que escucharme –le dijo.

–No tengo que hacer nada –se enfrentó a él con

las manos en las caderas–. Lo que necesito ahora es hacer el equipaje, porque estoy sin empleo.

–Pues ven a trabajar para mí.

La carcajada de Samantha no lo sorprendió en absoluto, pero aun así le dolió que lo rechazara sin pensarlo siquiera.

–Estás de broma, ¿verdad? No trabajaría para ti aunque me ofrecieras una fortuna.

–Entonces, hazlo por el bebé –escrutó su rostro, con la esperanza de que viera el amor que reflejaban sus ojos–. No me rechaces. No ahora que me he enamorado de ti.

Ella dio un paso atrás, puso una mano en la cama y se sentó.

–No. No digas eso como si fuera verdad. No volverás a engañarme.

Brady, dispuesto a entregarle su orgullo y su corazón en bandeja, se acuclilló ante ella y agarró sus manos.

–¿Crees que habría vuelto si no me importaras? –preguntó–. No estoy aquí por el bebé. Ni siquiera lo sabía hasta que vi la carpeta. Estoy aquí porque me di cuenta de que eres más importante para mí que cualquier complejo, que cualquier trato de negocios.

Ella liberó sus manos y se secó los ojos húmedos de lágrimas.

–Tal vez sea verdad, pero ya no puedo confiar en tus palabras. No permitiré que me engañes o me utilices de nuevo.

Se puso en pie y él tuvo que retroceder.

–Ahora, necesito estar sola –le dijo, con la barbilla alta–. Por favor no me llames. Te informaré sobre las consultas médicas y te mantendré al día, pero, aparte de eso, prefiero no tener ningún contacto contigo.

Brady apretó los puños y tragó saliva. No iba a presionarla, sobre todo en su estado, pero no se rendiría. Nunca.

–Comprobarás cuánto te quiero –prometió, dándole un suave beso en la mejilla.

Sin decir más, Brady se marchó de allí con un peso enorme en el corazón.

Capítulo Dieciséis

Sin la soleada y brillante sonrisa de Sam en su vida, a Brady los días le parecían vacíos y carentes de sentido.

Igual que antes de conocerla.

Por supuesto, entonces no había sabido lo aburrida y vacía que era su vida, pero tras haber experimentado el amor, nada tenía importancia si ella no estaba a su lado.

Era el único responsable de su dolor, por haber decidido acercarse a Sam y seducirla. Le esperaba mucho trabajo y esfuerzo para deshacer lo que había hecho.

Había pasado una semana desde la última vez que la había visto en Kauai. Brady no recordaba que hubiera habido siete días más interminables en toda su vida.

Apagó el ordenador. Cuando estaba agarrando la chaqueta, que colgaba del respaldo del sillón, sonó el teléfono del despacho.

–Brady Stone –contestó.

–Brady, soy Stanley Donovan –el anciano se aclaró la garganta–. Estoy con Sam en el hospital de St. Mary. Pasé por su casa y la encontré sufriendo pinchazos en el estómago. Estamos esperando para ver al médico. Desconozco la situación de vuestra relación personal en la actualidad, pero pensé que querrías saberlo.

Antes de que Brady pudiera procesar la información, y menos aún hacer preguntas, Stanley colgó el teléfono.

Brady, atenazado por una oleada de miedo, culpabilidad y terror, corrió escaleras abajo como un loco y subió a su coche. No se molestó en decirles nada a Abby y a Cade, no había tiempo.

Se preguntó si el bebé estaba bien, y si lo estaba Sam. Sin duda, estaría muy asustada. Agradecía intensamente que a Stanley se le hubiera ocurrido llamarlo.

No podía perder el bebé. Las manos de Brady aferraron el volante con fuerza y maldijo el tráfico de hora punta de inicio de fin de semana.

Discusiones, traiciones, secretos... nada de eso importaba ya. Lo único importante eran Sam y el bebé. Tenían que estar bien. Era imprescindible.

El viaje al hospital, que normalmente habría sido de veinte minutos, requirió casi una hora. Tras entregar las llaves al aparcacoches, Brady cruzó las puertas de cristal y corrió al mostrador de información.

–Samantha Donovan –dijo, jadeante–. La trajeron hace poco más de una hora. Posiblemente esté en la planta de maternidad.

La recepcionista miró la pantalla del ordenador, tecleó el nombre y juntó las cejas.

–Está en la tercera planta.

Brady tomó el ascensor, rezando porque todo fuera bien. No podía perder su futuro.

–Brady.

Brady, salió del ascensor y se volvió hacia la voz. Casi sollozó de alivio al ver a Stanley caminando hacia él.

–¿Dónde está? –exigió.

Stanley hizo un leve movimiento de cabeza.

–Sígueme.

Brady dejó que el padre de Sam lo guiara, y volvió a rezarle a Dios para que todo estuviera bien. Aun así, se preparó para lo peor.

–¿Cómo está? –preguntó Brady mientras avanzaban por el estéril pasillo blanco.

–Dice que está bien.

–¿Qué han dicho los médicos?

Sam se detuvo ante una puerta corredera de cristal.

–Habló con ellos a solas y no quiere decirme qué le ocurre. Pero me aseguró que estaba perfectamente y se le llenaron los ojos de lágrimas cuando le dije que venías hacia aquí.

Brady no supo qué pensar de eso, excepto que era obvio que Stanley no sabía lo del bebé. Lo que tenía muy claro era que estar en un hospital lo ponía nervioso.

El olor a antiséptico le daba náuseas. Sólo deseaba echar a correr y evitar el dolor de perder a alguien que amaba con todas las células de su ser.

No había estado allí desde la enfermedad de su padre.

Afortunadamente, en vez de dejarse dominar por sus pensamientos, abrió la puerta, entró en la habitación y apartó la cortina azul pálido.

A Brady casi se le paró el corazón cuando ella volvió la cabeza para mirarlo. Tenía los ojos enrojecidos e hinchados y estaba pálida. Daba la impresión de que su delicada estructura se perdía dentro del enorme camisón de hospital.

Seguía siendo la imagen más bella que había visto en su vida.

Era una auténtica ironía del destino. El hombre al que se había propuesto destruir se había convertido en la muleta en la que probablemente tendría que apoyarse para salvar la situación.

Fue hacia un lateral de la cama y tomó una de sus manos entre las suyas.

–Sam, ¿estás bien?

Ella dirigió la mirada húmeda hacia su padre, que estaba tras él.

–Papá, ¿podrías darnos un minuto a solas?

–Os daré cinco –contestó Stanley–. Pero después quiero saber qué está ocurriendo.

–Te lo prometo –dijo ella. Sus labios se curvaron con una leve sonrisa.

La puerta corredera se abrió y volvió a cerrarse, silenciando los ruidos que llegaban del pasillo.

Brady se inclinó, besó su cabeza e inhaló su dulce aroma.

–Dios, Sam, por favor, dime que…

–Shh, todo va bien –le aseguró ella–. Siento que mi padre te haya asustado. El bebé está perfectamente, y yo también.

–¿Puedo sentarme aquí? –preguntó él, apoyando la cadera en el borde de la cama.

–Sí, hazlo por favor.

Brady esperó a que ella dijera algo. No entendía por qué le había dicho a su padre que estaba bien cuando era obvio que no era así. Se preguntó qué la habría hecho llorar tanto como para que se le hubiera enrojecido la punta de la nariz.

–Tu padre dice que te afectó que te dijera que me había llamado –dijo, incapaz de soportar el silencio.

Ella se miró las manos y jugueteó con el embozo de la sábana blanca.

–Sí.

–¿Quieres que me vaya?

–No –siguió tironeando de la sábana, con manos temblorosas–. Es sólo que… No sé cómo decirte esto. Sobre todo teniendo en cuenta la tensión que hay entre nosotros y las duras palabras que nos hemos dicho.

Brady, con el pecho oprimido, alzó su barbilla con el dedo índice.

–Olvida eso por ahora. Me estoy volviendo loco. ¿Qué es lo que va mal?

–Gemelos –barbotó ella, antes de cubrirse el rostro con la manos y echarse a llorar.

«Gemelos», la palabra resonó en la mente de Brady. Eran dos bebés.

Una enorme sonrisa dividió su rostro en dos y sintió el principio de una risa burbujeante cosquillearle la garganta.

–Sam –acarició sus manos–. ¿Por qué estás tan disgustada?

Ella alzó la vista y se sorbió la nariz.

–¿Te estás riendo?

Él apretó sus manos y le dio un sonoro beso en los labios.

–Dios, no tienes ni idea de las cosas que me habían estado rondando la cabeza. Pero ¿dos bebés? ¿Cómo podría no sentirme feliz?

Llevó una mano a su mejilla y la acarició con suavidad.

–Sam, te quiero.

–Lo sé. Vi tu rostro cuando entraste –sonrió entre lágrimas–. Estabas asustado y no lo habrías estado si yo no te importara. Supongo que hace días que tendría que haber escuchado lo que me decía mi corazón .

–Me alegra que tu corazón tuviera la respuesta correcta –Brady sintió una oleada de alivio.

–Hoy he hablado con Miles –dijo ella–. Me contó que estáis considerando la posibilidad de asociaros en la gestión del complejo vacacional.

Brady encogió los hombros.

–Quería hacer algo que paliara tu dolor. Necesitaba conseguir que no tuvieras que elegir entre dos bandos y que pudieras seguir controlando todo lo relacionado con Lani Kaimana.

–Ésa es otra de las razones por las que me he convencido de que me amas –confesó ella.

–¿Por qué tenías dolores? –Brady apretó con suavidad una de sus manos–. ¿Te lo han dicho los médicos?

–Porque al ser dos bebés, mi útero se está ensanchando más deprisa; ésa es la razón de los pinchazos.

–Aún no puedo creerlo –farfulló él–. ¿Por qué no se lo dijiste a tu padre?

–Acabamos de retomar una relación padre-hija auténtica, así que todavía no le he contado demasiadas cosas de mi vida personal.

–He notado que no había la tensión habitual entre vosotros –Brady dejó de acariciar su mejilla y agarró su otra mano–. Sé que no me merezco una segunda oportunidad, pero quiero formar parte de la vida de mis bebés.

–¿Estás diciendo que sólo quieres formar parte de la vida de ellos?

A él casi se le salió el corazón del pecho al oír esa pregunta.

–No. Lo que más deseo es volver a estar en tu vida, Sam. Te amo tanto que a veces me da miedo. Quiero que seas mi esposa. Dime que sí.

Sam se enderezó en la cama y alzó la mano para tocarle la mejilla.

–Brady, te quiero. Sí, me casaré contigo.

Epílogo

Un mes después, las olas acariciaban la playa mientras el sol se ponía sobre el agua, de un color naranja intenso.

Sam no podía creer que estuviera casándose con Brady en la playa, ante su complejo. Estaba guapísimo. Descalzo, con pantalones de lino y una camisa blanca. Ella quería una boda sencilla, y cuando él había sugerido que se casaran allí, había estado segura de que no había un lugar mejor en el que empezar su vida en común.

–Os declaro marido y mujer –dijo el sacerdote–. Puede besar a la novia, señor Stone.

Brady miró los labios de Sam y su boca se curvó con una sonrisa.

–Será un placer –dijo.

La besó lenta y apasionadamente. Era su primer beso como señor y señora Stone.

–Estás preciosa –le susurró antes de apartarse.

Sam había elegido un vestido sin tirantes de color rosa pálido, que le llegaba a las rodillas. Lucía los pendientes y el collar de diamantes de su madre, que su padre le había regalado.

–Vamos a darles la noticia –le dijo al oído, tras ponerse de puntillas.

–De acuerdo.

El sacerdote dio la ceremonia por concluida y Cade y el padre de Sam aplaudieron. Sam abrazó a su padre y lo besó en la mejilla.

–Tengo que anunciar algo –dijo, agarrando la mano de su esposo. Todas las miradas se centraron en ella–. Ya sabéis que los Donovan y los Stone nunca hacemos las cosas a medias.

Hubo asentimientos de cabeza y sonrisitas.

–Bueno, pues esta primavera la familia se verá incrementada no por uno, sino por dos bebés.

Stanley le dio una palmada en la espalda a Brady, después abrazó a Samantha.

–Nuevos herederos de dos de las familias más fuertes y poderosas. Yo diría que es una forma fantástica de iniciar una vida juntos.

–Yo no lo habría expresado mejor –comentó Brady, perdiéndose en los ojos de su esposa.